AF196807

In meinen Augen schreibt Merle Kröger bahnbrechend. *Havarie* ist so viel mehr als ein Thriller, wobei die zeitweilige Atemlosigkeit dazu verführt, das Buch so zu bezeichnen. Doch die Erzählung rührt tiefer, reicht weiter und teilt mehr mit.

Es gibt diese langzeitbelichteten Fotos, die leuchtende Punkte in ein Webwerk aus schimmernden Fäden verwandeln. Dieser Roman vollführt etwas Ähnliches. In schnell wechselnden Bezugsrahmen erlebt man zwei Nächte und anderthalb schicksalhafte Stunden eines Tages auf dem Mittelmeer.

Da sieht jede Figur nicht nur die für sie wahre und universelle Version der Ereignisse, sondern bringt auch ein eigenes Stück Geschichte mit in die Geschichte. Es entsteht ein Mosaik aus Fährten durch Zeit und Raum, und für einen Moment blitzen sonst unsichtbare Verknüpfungen auf: Ja, so spüren lebendige, ringende, wünschende, von den Verhältnissen gebeutelte Menschen die in ihre Kultur eingravierten Narben des Weltgeschehens.

Merle Krögers furiose Choreographie ist hier wie ein Tanz, der uns in fremde Erfahrungen entführt, durch unvertraute Perspektiven wirbelt und von Partner zu Partner weiterreicht. Je nach Figur wechseln Tonart und Rhythmus, zieht es uns treibend, taumelnd, stetig oder gegentaktig durchs Geschehen. Eine mögliche Gegenwart, verschränkt mit einer Vielfalt von Vergangenheiten, ein Fischernetz aus Geschichten, die zusammen eine aufwühlende, relevante Erzählung bilden. Heftig wie ein Rapsong, intim wie ein Familienalbum, distanzlos, ungestüm und enorm welthaltig: Das ist großes Kino, ist Kunst, ist hautnah am Realen. Gute Fahrt. Vielleicht schnallen Sie sich lieber an.

Else Laudan

Merle Kröger

HAVARIE

Ariadne 1232
Argument Verlag

Für Sisi

DIE NACHT DAVOR

Spirit of Europe | Deck 12

Lalita Masarangi und Joseph Quezón

At ang iyong mata'y biglang lumuha
Ng di mo napapasin
Pagsisisi at sa isip mo't nalaman
Mong ika'y nagkamali
Nagsisisi at sa isip mo'y
Nalaman mong ika'y nagkamali

Die *Dolphins at Dawn* spielen den allerletzten Song auf der Bühne in der Mitte des Pools. Keine Zuschauer mehr da. Ach doch. Das Mädchen im geblümten Hosenanzug hockt neben der Plastikpalme und glotzt seit Stunden in die Spiegel-App ihres iPhones. Der gekrümmte Körper eine geballte Niederlage. Die Freundinnen weg, kichernd hinter irgendeiner Tür zu den Innenkabinen. Und der Junge, mit dem sie früher am Abend auf Deck 5 gesehen wurde? Als noch alles glitzerte. Auch weg.

Die Luft dampft. Weiße Schwaden ziehen über das Schiff. Es stinkt. Einer hat in den Pool gekotzt, jedenfalls schwimmen da faserige Stückchen auf dem Wasser. Entenkeule in Trüffel-Reduktion. Empfehlung des Tages vom Küchenchef. Das Mädchen richtet sich auf wie in Zeitlupe, taumelt schlingernd zwischen Stapeln von Liegestühlen davon und verschwindet im Dunst.

Lalita steht ganz, ganz dicht am Rand des Pools und

summt mit. Jo singt Tagalog. Hat sie gegoogelt, weil ihr langweilig war und weil sie immer wieder an den asiatischen Jungen mit den Dreads denken musste. Er singt mit seiner richtigen Stimme jetzt, die Augen zu. Keine Coverversion. Kein antrainierter amerikanischer Akzent. Keine zweite, dritte oder vierte Haut. Lalita schwankt. Oder schwankt das Schiff? Diese verdammten High Heels. Zwölf Zentimeter samtig ummantelter Stahl. Egal. Sie hat ja frei.

Lalita Masarangi, Security Team der *Spirit of Europe*. Melde mich zum Dienst. Acht bis zwanzig Uhr, zweimal halbe Stunde Pause, plus Extrastunden. Sieben Tage die Woche, drei Monate lang, einen Monat frei. What a fuck. Neunzehn Tage hat sie heute geschafft. Eineinhalb Mal »Erfüllen Sie sich Ihren Traum im westlichen Mittelmeer«.

Mach die Augen auf, Jo! Sieh mich!

Jo öffnet die Augen. Das Haus zwischen Reisfeldern, nördlich von Manila, verschwindet langsam wie das Nachbild eines Traums. Ein letzter Blick auf Großmutter Bella, die sich an ihrem Stock aufrichtet. Ihre Augen blitzen aus dem faltigen Gesicht, durchbohren ihn. Joseph mit dem Negerhaar. Beweis ihrer Liebe zu dem Amerikaner in den Wäldern des Mount Arayat, atemlos, auf der Flucht vor japanischen Faschisten.

Gurkha Girl, so nennt er sie für sich, die ist ja überirdisch rausgeputzt. In ihrer Dienstkleidung sieht sie doch cool aus, schwarze Hosen, grünes Barett, Guerilla Style. Der Glitzermini und die Stöckelschuhe sind cheap. Gurkha Girl als nepalesische bitch. Der Lidschatten zu blau, die Locken zu falsch. Die kühle Gefährlichkeit weg. Dafür was anderes, eine Möglichkeit, das törnt ihn an. Ihre Augen sind geschlossen, sie wiegt sich im Rhythmus. Jo dreht sich um.

Raymond am Bass lächelt und nickt. Deine Nacht, Jo. Jo ohne e. Joseph und nicht Joe.

Einmal ausbrechen.

Dreimal täglich zwei Stunden Unterhaltungsmusik, ausschließlich UK- und US-Charts, ausschließlich von der Playlist der Konzernzentrale von Gold Cruises in Miami, ausschließlich jugendfrei, ausschließlich der langweiligste Scheiß auf der Welt.

»Du siehst vielleicht aus wie Jimi Hendrix, aber die alten Weiber wollen höchstens Bob Marley, klar?«

No Woman No Cry. Mittags in der Maharaja Lounge, nachmittags in der Star Lounge, nachts Promenadendeck oder Poolside, je nach Ansage. Sieben Tage die Woche, zehn Wochen lang, drei Wochen frei. Heute ist der achte Tag ihrer dritten Reise. Heute hat Jo dem Gurkha Girl in die Augen gesehen und ins Mikro geflüstert: »Anak.« Die Blicke der anderen drei in seinem Rücken. Der Song kann sie ihren Vertrag kosten. Aber Jo weiß, dass sie dem Reiz nicht widerstehen können.

Einmal ausbrechen.

Einmal wir selber sein. Noch einmal der Refrain des philippinischen Megahits. Dann Stille.

Rauschen. Der Wind. Lauter.

Hey.

Viel lauter als vorher.

Gurkha Girl knickt um und lächelt.

Östlich von Ghazaouet | Algerien

Karim Yacine

Karim steht auf der Spitze des Felsvorsprungs und sieht auf das dunkle Meer hinaus. Das Kribbeln ist wieder da, gefühlte zwei Zentimeter unter dem linken Schulterblatt. Seit er die Gürtelrose hatte, juckt es da ab und zu.

Schlechtes Vorzeichen?

Ach komm, alter Mann, einfach nur ein Signal deines Körpers: Der will noch mal los, der will Gummi und Salzwasser riechen. Das Blut in den Adern rauscht, Delfine jagen neben dem Boot. So fühlt es sich an, wenn man lebt.

Algerien ist Stillstand, ist Tod.

Ein scharfer Windstoß reißt ihn zurück in den Augenblick. Unten am Strand leuchtet das Feuer viel zu hell. Daneben die Männer, die im Lichtschein ihre Sachen zusammenpacken. Sie sind unruhig, die Haraga, les brûleurs, »die ihre Pässe verbrennen«.

Einer sieht hoch, zeigt in die Richtung, in der das Boot versteckt ist. Karim hebt die Hand. Alle warten auf sein Zeichen. Er ist der Älteste. Allah, wie die Zeit vergeht. Er macht die Fahrt zum sechsten Mal. Keiner hat es so oft gemacht wie er.

Karim trifft eine Entscheidung. Wenn der Wind innerhalb der nächsten zehn Minuten abflaut, fahren sie los. Wenn nicht, werden sie eine weitere Nacht vorgeben, harmlose Typen auf Campingurlaub zu sein. Junge Männer, die ihr Leben vergeuden, weil sie keine Zukunft haben. Nicht hier.

Sie sind die Kinder des schwarzen Jahrzehnts.

Schwarz wie diese Nacht.

Der Wind hat nachgelassen. Karim reißt die Zündleine an. Der Außenbordmotor röhrt los. Laut, brutal laut, hallt es von den zerklüfteten Bergwänden wider. Nichts wie weg hier. Er steuert das Boot so, dass er den Berg im Rücken hat. Wie ein Schatten erhebt er sich aus der Dunkelheit. Karim weiß das.

Er dreht sich nicht um.

Er fühlt den Berg. Seine Masse. Seine Größe.

Er kann auch den unsichtbaren Berg spüren, der aus dem Meeresboden wächst und die Wasser trennt, ungefähr auf der Hälfte der Strecke zwischen Afrika und Europa. Sura 25, Al-Furqan, Vers 53, Koran. Die Legende sagt, Jacques Cousteau habe diese Wasserscheide entdeckt und sei danach zum Islam konvertiert. Die Filme, die Männer an Bord der *Calypso*, geheimnisvolles Universum unter Wasser. Karim hat sie alle gesehen, Wiederholungen im algerischen Fernsehen. *Welt ohne Sonne* ist sein Lieblings-film. Vielleicht weil der Titel so gut auf seine Welt passt.

Auch den erloschenen Vulkan nordöstlich von Almería fühlt er, noch bevor sich das GPS aktivieren lässt. Eine Bodenwelle aus kegelförmigen Felsen, die wie ein Finger ins Meer zeigt und ihm den Weg in die Bucht weist, in der er landen wird. Mitten im Nationalpark Cabo de Gata.

Drei Berge in vierzehn Stunden, wenn es gut läuft.

Inschallah.

Der Mond wirft ein kurzes Schlaglicht auf die Gesich-ter, bevor er ganz hinter einer Wolke verschwindet: Am Bug zwei entfernte Cousins aus Oran, die er als Kinder das letzte Mal gesehen hat. Daneben der Lehrer aus Algier. Abdelmjid aus dem Laden in Ghazaouet, bei dem seine Mutter ihre Datteln kauft. Zwei Jungs aus seinem Viertel, deren Brüder schon lange in Frankreich sind. Mit denen ist Karim zur Schule gegangen und verdammt, warum ist er eigentlich immer noch hier?

Die anderen fünf aus dem Dorf am Ende der Bucht hat ihm der Typ aufs Auge gedrückt, der die Schlauchboote verkauft. Drei Boote zum Preis von zweien, hieß es, aber Karim macht diese neue Masche mit den Massenstarts nicht mit. Drei starten, eins kommt durch. Die Pech haben, ersaufen vor den Augen der Küstenwache. Algerisches Roulette.

Du wirst alt, Karim Yacine. Achtunddreißig Jahre werden es im Herbst. Alt und ängstlich. Zohra hat es zuerst gesehen. Sie skypen täglich, wenn das Netz nicht ausfällt.

»Sei nicht so ungeduldig, Karim. Hab keine Angst, wir werden einen Weg finden.« Diese Angst, niemals wieder sein Gesicht in ihr Haar zu tauchen, bevor sein Leben zu Ende ist. Sie treibt ihn über das Meer.

»Versprich mir, dass du es nie wieder tust!« Ihr Gesicht, über Skype verpixelt, aber trotzdem – sie hat auch Angst, das kann er sehen. Er verspricht es.

Er bricht sein Versprechen.

Kein guter Start in eine Ehe. Ich verspreche dir, Zohra, es ist das letzte Mal. Das Fahren und das Lügen. Denn sonst, sonst gibt es gar keine Zukunft für uns.

Weiße Möwen erscheinen lautlos aus der Dunkelheit und umkreisen das Boot. Karim folgt ihnen mit seinem Blick, er ist wie hypnotisiert von den geisterhaften Vögeln. Wieder und wieder fliegen sie an, eine 180-Grad-Wende in der Luft und dann im Sturzflug auf das weiße Wasser, das sein Motor in den Wellentälern hinterlässt. Da kommt wieder eine, ihr

Gefieder flammt auf über dem schwarzen Meer – weißes Leuchten – sekundenschnell gestreift von einem Finger aus Licht.

»Vorsicht, Küstenwache!«

Karim reißt das Ruder herum. Schüsse peitschen über das Meer. »Keine Angst! Das sind nur Warnschüsse!«, ruft er seinen Leuten zu.

Der Cousin am Bug verschwindet im Dunkel.

Panik.

»Bruder! Wo bist du!«

Der Scheinwerfer schickt einen Lichtstrahl in die Dunkelheit, der suchend über den Himmel zuckt.

»Wir müssen hier weg!«

»Nein!« Verzweiflung. Hallt durch die Nacht.

Motorengeräusch. Lichtfinger. Sie sind ganz nah.

»Da vorne!« Abdelmjids Gesicht, direkt neben seinem eigenen. Karim lehnt sich nach links. Sieht an Abdelmjid vorbei. Eine Wand. Ihre Rettung liegt hinter dieser Wand aus Nebel. Er hält blindlings darauf zu.

Und schon tauchen sie ein. Das Heulen des Windes stirbt einen schnellen Tod. Die Nebelgrenze wird zu einem dreidimensionalen Feld aus weißlichem Licht. Es dehnt sich aus, sehnt sich nach Unendlichkeit, leckt an den Konturen ihres kleinen Bootes.

Karim stoppt den Motor.

Keiner sagt ein Wort.

Alle denken dasselbe: Wenn er Glück hat, ziehen sie ihn rechtzeitig aus dem Wasser.

Wenn nicht …

Der andere Cousin hat das Gesicht in den Händen vergraben und trauert lautlos, bis ihn der Nebel verschluckt.

Hafen von Oran | Algerien

Oleksij Lewtschenko

Auf den Felsen von Oran ragen entlang der Uferstraße die erleuchteten Hochhäuser in die Nacht. Der Nebel verstärkt das Licht um ein Vielfaches und wirft es wie Flutlicht zurück auf den Hafen und das Bassin d'Arzew. Arzew, Umschlaghafen für Gas und Öl aus der Sahara, zweiundvierzig Seemeilen nordöstlich von Oran. Oran, Wahran auf Arabisch, Container- und Fährhafen, zweitgrößte Stadt in Algerien, 678 000 Einwohner. *Die Pest* von Albert Camus spielt hier, bedeutender französischer Roman, aus der Reihe »Klassiker des 20. Jahrhunderts«, Folio Verlag Charkow.

Wann hat er das gelesen?

Irgendwann in den Neunzigern? Ja?

Ein Sommerabend, aber der Nebel lässt ihn frösteln. Oleksij Lewtschenko. Oleksij von Oleksa, griechischer Ursprung: Alexander. Lewtschenko, Ursprung: Sohn von Lewko. Lewtschenko wie Anatoli Lewtschenko: sowjetischer Kosmonaut ukrainischer Herkunft. Dezember 1987, dritter Platz in der Sojus TM-4 zur Raumstation MIR. Eine Woche im Weltraum. Rückkehr zur Erde.

Held der Sowjetunion. Lenin-Orden.

Kein Jahr später tot. Gehirntumor.

Was ist mit dir passiert da oben, Anatoli, mein Freund? Was hast du gesehen?

Olek Lewtschenko. Für alle auf der *Siobhan* nur der Chief.

Chief Engineer. Herr über das Herz des Frachters. Neun Motorblöcke von MAK. MAK, Schiffsmotoren aus Kiel, Deutschland. Heute Tochtergesellschaft von Caterpillar. Globalisierung, verdammte. Unser Leben und unser Verderben. Ist doch so, ja? Gibt uns Zuckerbrot und Peitsche. Uns hier auf See.

Olek starrt durch den Nebel auf die Stadt. Er steht auf Deck A am Ausgang zum Fallreep. Er kneift die Augen zusammen.

Olek ist der Meinung, wenn man die Augen zusammenkneift, oder noch besser, wenn man schon ein paar Wodka intus hat, kann man sich einbilden, in Marseille zu sein und nicht in Oran. Dmitri findet das ganz und gar nicht. Ein Hafen, sagt er, lebt von seinen Kneipen und den Frauen. Insofern ist Oran ein toter Fisch. »Die Atmosphäre, Olek! Darauf kommt es an!«

Olek beobachtet die algerischen Arbeiter unten auf dem Pier. Sie montieren gerade die Schläuche ab, mit denen das Öl in die Adern seiner unersättlichen *Siobhan* gepumpt wurde.

»Olek, es geht los!« Das ist Dmitri. Oder besser: der Captain.

In dem Dunst sieht man ja kaum seine eigene Hand vor Augen. Olek flucht und versucht die Leute vom Zoll zu zählen, die aus dem Nebel auftauchen und sich der *Siobhan* nähern.

Verdammte Scheiße.

»Wenn ich nichts sehe, siehst du erst recht nichts«, murmelt er in Richtung Brücke, nach oben. Sekundenbruchteile später beginnt sein Walkie-Talkie zu knistern.

»Olek!«

Ja doch.

»Wie viele sind es heute, Olek?«, knarrt es, und Olek kann die Worte mitsprechen, so oft hat er sie gehört. Er und Dmitri, sie sind wie ein altes Ehepaar. Seit sechs Jahren fahren sie miteinander auf der *Siobhan* über die Meere, mehr schlecht als recht am Leben erhalten von Collins, dem irischen Reeder.

Er und Dmitri, na ja, sie sind die beiden Alten. So ist es doch. Ü40 oder wie heißen diese Partys, die sie im *Itaka Club* daheim in Odessa veranstalten? Die Filipinos fahren so lange, bis sie heiraten, dann bauen die sich von der Heuer ein schönes Häuschen am Strand und werden sesshaft. Und die Offiziere werden auch immer jünger. Frisch von der Akademie in Odessa, St. Petersburg oder sonst woher.

Der schrille Piepton lenkt ihn beim Zählen ab. Mit den zwei Bordkränen hievt die *Siobhan* immer noch Container in ihren offenen Schlund. Der Zweite Offizier springt da mit rum und überwacht das Laden, anstrengend. Rauf und runter zwischen den Containern. Nicht ungefährlich. Der einzige Sport, den du machen kannst hier an Bord. Und die Treppen, na klar, zigmal am Tag. Auf den großen Tankern fährt die Mannschaft Fahrrad und macht Jogging auf Deck. Nicht bei uns. Jeder Zentimeter für die Container. Da kommst du links und rechts nur vorbei, wenn der Bauch nicht zu fett ist.

Mann, wie viel Ladung denn noch? Werden wir jemals ablegen? Das denkt er immer, und doch ist irgendwann Schluss, oft mitten in der Nacht. Endlich der Moment für Dmitris Lieblingsfrage: »Wäre der Chief Engineer wohl so freundlich, die Maschinen zu starten?«

Die Stunde des Chiefs, sie kommt immer.

Sie fahren wieder Leergut heute. Volle Container nach Afrika und leere zurück nach Europa. Algerien konsumiert. Export gleich null, nur Gas und Öl, davon leben die hier.

Demokratische Volksrepublik Algerien, rein flächenmäßig größtes Land des afrikanischen Kontinents. Im Norden Algeriens lebt der Hauptteil der Bevölkerung, dort ist auch das Atlasgebirge. Der deutlich größere Süden ist fast unbesiedelt und wird von den Wüstenregionen der Sahara dominiert. Unter dem Sand liegt das Gas.

Wenigstens hauen die sich zurzeit nicht tot. Algier und Oran sind die letzten nordafrikanischen Häfen, die ihnen bleiben mit ihren Feederfahrten. Tunis und Casablanca, Tanger, da gehen die Großen rein. Libyen versinkt im Chaos. Syrien im Krieg. Und in Beirut ist letztes Jahr eine Rakete in die Ladung der *Siobhan* gekracht. Haarscharf war das, ganz knapp vorbei an der großen Katastrophe.

Und Europa? Die andere Seite. 2008 die Krise, dann der Dominoeffekt, einmal quer über den Kontinent. Ob er zukünftig Bürger der EU werden möchte, so sicher ist sich Olek da nicht. Im Prinzip war er immer dafür, sich mehr an Russland zu halten. Sein Fehler.

Die Algerier sind da. »Acht«, nuschelt er ins Funkgerät. Es können auch neun sein, die jetzt das Fallreep hochkommen, oder sieben. Dmitri hat Angst, dass sie wieder einen blinden Passagier aufgabeln. In Nordafrika kann man nie wissen, die kommen sogar als Zollbeamte verkleidet an Bord. Und die echten Zöllner sitzen schön an Land und zählen ihr Geld. Und dann, wenn du auf hoher See bist, steht plötzlich einer vor dir, den du noch nie gesehen hast. »Europa«, sagt der. Und Dmitri ruft den Reeder an. Und der rechnet aus, was es kostet, den wieder loszuwerden. Wenn du überhaupt einen europäischen Hafen findest, wo du ihn an Land setzen kannst.

»Salam aleikum«, murmeln die Algerier und drücken sich an ihm vorbei.

»Neun sind es, Olek, neun. Kannst du nicht zählen oder bist du besoffen?«, bellt das Gerät an seinem Gürtel.

Olek nickt. Dann sind es eben neun.

»Brüderchen, nimm das nicht auf die leichte Schulter. Collins kennt kein Pardon. Das dauert keine drei Tage, und wir sitzen im Flieger nach Hause. Und dann, Olek? Was machen wir dann?«

Olek nickt. Er hat ja recht, Captain Dmitri.

Der große Kapitän. Immer in Uniform. Immer gestriegelt. Die Offiziere vergöttern ihn. Vaterersatz für die Filipinos von der Crew. Ein Mann, zu dem man aufsehen kann. Dmitri kümmert es nicht, ob er den ältesten Kahn von Collins' Flotte unter seinem Kommando hat. Hauptsache Captain.

Egal wie stressig es heutzutage ist, dem geht die Seefahrt über alles. In jedem Hafen an Land, wenn sie nur lange genug vor Anker liegen. Kaffeetrinken mit dem Charterer, Geschenke für die Mannschaft. Gestern wieder, ein Vers aus dem Koran, eingerahmt in Gold, für die Crewmesse, die auch Besprechungszimmer ist. Arabische Besucher, klar, die sollen sich auch wohl fühlen. Also gibt's Koran für die und die eingerahmte Madonna für die Filipinos. Für jeden was dabei, genau wie beim Essen. Dmitri hat über die Crewing Agentur in Zypern einen Koch aufgetrieben, der kann buchstäblich alles. Halal, koscher, Asia. Der kocht dich einmal um die Welt, wenn du willst. Macht besseren Borschtsch als Oleks Mutter.

»Geh doch auch mal an Land!« Dmitri kann wirklich nerven. Der hat was Missionarisches. »Gönn dir ein bisschen Ablenkung, Chief.«

Ablenkung. So viel Zeit möchte Olek mal haben. Morgen früh müssen sie in Cartagena sein. Zeit ist Geld! Das Geld von Collins natürlich, nicht ihrs. Wenn Olek Ablenkung will, findet er die auf Wikipedia und Vesselfinder.

Motorengeräusch dringt durch den Nebel. Nicht schlecht, das dürften ein paar Pferdestärken mehr sein. Olek tritt neugierig auf die Gangway, öffnet die Foto-App auf seinem Handy. Immer bereit.

Hinter der *Siobhan* kommt die Küstenwache in Sicht, knallt mit Volldampf an die Mole und macht fest. Das Handy verschwindet in der Tasche. Die algerischen Behörden verstehen keinen Spaß, wenn man auf dem Hafengelände Fotos macht. Nationale Sicherheit. Olek sieht zu, wie ein nasses Bündel an Land fliegt.

Oje. Dem kann keiner mehr helfen.

Er bekreuzigt sich.

Ein Toter.

Keine gute Nacht heute.

Spirit of Europe | Brücke

Léon Moret

»Titanic-Alarm!« Er weiß, dass die tiefe Stimme sein Kapital ist. Erster Offizier auf der *Spirit of Europe*, mit sechsundzwanzig. Das drittgrößte Kreuzfahrtschiff der Welt! Er klingt älter, das ist es. Sie machen andauernd Leadership-Seminare an Bord, Ansage aus Miami, obligatorisch für alle Führungskräfte. Da wird man in Typen eingeteilt: Analyser, Harmonizer, Show Runner, Neophyte und was noch alles. Léon ist ein Analyser-Typ. Analysiert erst die Fakten und handelt dann.

Der Zweite vom Dienst ist schon auf dem Weg zum Suchscheinwerfer. Ein lautloser Schatten vor den Panoramascheiben auf der Brücke. Seine Schritte geschluckt vom dicken blauen Teppich. Alles ist blau hier oben. Die Brücke ist Léons lieu de prédilection, seine Spielwiese. Würde man ihn fragen, wo er mal sterben möchte, dann würde er ohne zu zögern antworten: »Hier oben.«

Solche Gedanken kommen dir auf der Brücke. Allein im Dunkeln, die Augen brennend vom stundenlangen Starren in die schwarze See. Unter dir fünftausend schlafende Menschen. Auf dieser Fahrt genau dreitausendsiebenhundertachtundsiebzig Passagiere und eintausendzweihundertneunundfünfzig Crewmitglieder. Ihrer aller Schicksal in deinen Händen, in den Händen eines Mannes von sechsundzwanzig. Das ist wie ein Rausch, Alter. Du kannst die Macht fühlen, mit jeder Faser deines Körpers.

Voll jedimäßig ist das. Nachtwache zwischen zwölf und vier. Sieben Tage die Woche.

Die Tagschicht ist dagegen langweilig, da liegen sie eigentlich immer im Hafen, außer an den Seetagen. Morgen ist wieder einer. Kreuz und quer über das Mittelmeer, damit die Gäste in der Sonne liegen können und wir die Zeit rumbringen bis Palma de Mallorca. Zehn Wochen lang Dienst, dann zehn Wochen frei. Wenn Léon frei hat, zieht er runter zu Mado auf Deck 1.

Seine Frau hat einen anderen Vertrag, sie muss länger an Bord bleiben. Guest Reception Manager ist sie, arbeitet front of house, jeden Tag von morgens bis abends mit den Gästen. Das würde ihm wirklich Angst machen. Viel mehr als die Verantwortung hier oben. Aber Mado ist ein wundervolles Sozialgenie. Um zusammen zu sein, cruisen und arbeiten sie abwechselnd, ihr Leben spielt sich auf der *Europe* ab. Ist nicht das Schlechteste, echt nicht. Eine Kleinstadt, in der Leute aus mehr als fünfzig Nationen friedlich zusammenleben. Jeden Abend Party. Welches Zuhause wo auf der Welt kann da mithalten? Genau, keins.

Léon zwinkert ein paarmal. Er darf nicht zu lange in die Taschenlampen-Apps sehen, die zwei da vorne am Bug tanzen im Licht ihrer Handys. Der grelle Schein wird durch den Nebel noch verstärkt. Der Quartermaster, ein Kroate, hat sich mit seinem Fernglas nach Backbord verzogen. Das Mädchen mit dem Glitzermini kommt Léon vage bekannt vor. Sie breitet die Arme aus. Der Junge stellt sich ganz nah hinter sie. Ihre langen Haare im Wind. Machen sich bereit für das Selfie. Eins, zwei –

In dem Moment wirft Kiyan, der Zweite, den Suchscheinwerfer an. Die beiden stolpern rückwärts vor Schreck, und Léon lacht laut auf. Sanft geleitet Kiyan sie mit seinem Spot zurück auf das Seitendeck. Léon entspannt sich. Wenn die Dunkelheit zu lange unterbrochen wird, brauchen seine Augen ewig, um sich wieder darauf einzustellen. So ist das hier. Alles homemade. No substitutes. Der Kapitän der *Spirit of Europe* ist ein Mann der alten Schule, der hat noch Schiffe mit dem Rad gesteuert, nicht mit dem Joystick. Auch wenn er nicht oft auf der Brücke zu sehen ist, weil er ständig im Büro hocken und mit dem Headquarter in Miami telefonieren muss. Wenn du dich nur auf deine Instrumente verlässt, geh zur Luftfahrt, ist sein Motto. Deswegen ist es hier so stockfinster. Ein paar Kontrolllampen auf der Konsole flackern ihr leises Leuchten. Kiyan hat seine Monitore hinter dem Vorhang, Logbuch und Radar. Léon und der Quartermaster haben nur Rotlicht für Notfälle, sogar auf dem Klo.

»Die sind weg«, murmelt Kiyan mit seiner leisen Stimme.

»Go fuck your brains off«, setzt Léon hinzu.

Der Kroate lacht ihm eine Nummer zu laut. Plötzlich reißt er das Fernglas hoch. »Verflucht, da kommt einer!«

Léon fühlt den Adrenalinschub und springt auf. Sie stecken immer noch in der Nebelbank, verdammt. Seit Gibraltar eine einzige Suppe. Yellow condition. Sichtweite unter hundert Meter. »Kiyan, ruf den Alten an.«

Kiyan wählt schon. Léon joggt kurz rüber nach Backbord, mehr weil er Bewegung braucht. Der Kroate, wie heißt der eigentlich, der ist neu, deutet nach draußen. »Eben war er da.« Jetzt ist die Wand wieder dicht, tutto completo.

Léon sprintet zurück und schaltet das Elefantenohr an. Das Rauschen von Wind und Meer trifft seine Trommelfelle wie ein Schlag. Da ist was, ja. Maschinen.

»Kiyan?«

Kiyan kommt zu ihm, Daumen hoch. Autorisierung vom Kapitän ist erfolgt. Léon drückt den Knopf.

Das Nebelhorn ertönt.

Der Klang breitet sich aus wie ein Atompilz, mächtig und alles mit sich reißend. Léon drosselt die Geschwindigkeit und starrt weiter in die Nacht. Wenn die fünftausend unter ihm wüssten, wie verflucht voll dieses Meer ist. Wie viele Beinah-Unfälle es gibt. Eine scheiß Autobahn ist das hier.

Von der Backbordseite schiebt sich ein dunkler Schemen in sein Blickfeld. Der Frachter schneidet ihren Weg. Die haben ihn ganz genau gesehen, die *Europe* leuchtet nachts wie ein Weihnachtsbaum.

»Siobhan, Irland«, hört er Kiyans Stimme. »Frachter. Soll ich sie anfunken?«

Ach was. Léon stellt sich ganz nah an die Panoramafenster. Die haben es verdammt eilig. Sitzen da mit höchstens fünfzehn Mann auf dem rostigen alten Kahn, bis zum Rand voll mit Containern. Können einem leidtun, die armen Schweine. Léon korrigiert den Kurs und das mächtige Schiff unterwirft sich seinem Willen, nicht ohne ein leichtes Bocken.

Was willst du von mir, kleiner Mensch?

Doch Léon weiß: Die Macht ist mit ihm.

Spirit of Europe | Deck B3

Marwan Fakhouri

Eine Ladung schmutziger Laken kommt aus dem Rohr geschossen und landet auf dem Boden, weil er wieder vergessen hat, den Wagen darunter zu schieben. Marwan fühlt die Panik aufsteigen. Immer von unten nach oben. Aus dem Bauch. Engegefühl im Hals. Hyperventilation. Die körperlichen Symptome sind ihm geläufig. Kein Spiegel nötig, um sich selbst dabei zuzusehen, wie er bleich wird und die Hände zu zittern beginnen. Dieser grauenhafte Lärm. Und die Hitze! Der Schweiß rinnt ihm von der Stirn. Er wischt sich mit dem Ärmel über die Augen. Eine so vertraute Geste. Nichts hat es ihm ausgemacht. Doppelschicht im OP, kurz schlafen, dann weiter. Kein Zittern, niemals.

Das Mädchen aus China zieht wortlos das Gittergestell heran und fängt an, die Wäsche einzusammeln. Ihr Gesicht ist ausdruckslos, ihr Körper schmal und sehnig. Sie mag siebzehn sein oder dreißig.

Seit fast einem Monat arbeiten sie jede Nacht Seite an Seite, aber sie hat noch nie mit ihm gesprochen. Nicht mal ein Wort. Die chinesische laundry crew wechselt alle paar Wochen. Die meisten sind Männer, ein paar Frauen ab und zu. In der ersten Zeit hat Marwan zahlreiche Anläufe unternommen, mit ihnen ins Gespräch zu kommen, hat es auf Englisch probiert, aber die Reaktion war immer gleich: Lächeln, Kopfschütteln. Und ohnehin, hier unten ist es so laut, irgendeine der Maschinen schleudert immer gerade, man versteht kaum sein eigenes Wort.

Die Chinesen kommen und gehen. Marwan und Oke bleiben.

Natürlich. Wir haben uns das selbst zuzuschreiben. Wir sind Verdammte auf diesem Totenschiff. Wir sind längst tot. Wir brauchen nichts: Kein Tageslicht in der Wäscherei. Kein Tageslicht in der Kabine. Kein Tageslicht in der Crewkantine. Eine verstohlene Zigarette draußen vor dem Trainingsraum. Kurzer Blick zum Himmel. Schönstes Urlaubswetter. Nicht für uns. Tote brauchen keinen Urlaub.

Das Schiff rollt unter ihm, und Marwans Magen revoltiert. Er hat registriert, dass er erst nach ein paar Wochen seekrank wurde. Zuerst ging es ihm gut, er war erleichtert, dem Schlauchboot entkommen zu sein, an einem sicheren Ort, erst einmal. Euphorisch geradezu. Dann später setzte der Schwindel ein. Er begann wie auf Eiern zu gehen. Immer dieses Gefühl im Kopf, nicht ganz bei sich zu sein. Und die ständige Übelkeit. Er isst. Er kann nichts bei sich behalten. Er isst. Er zwingt sich zu essen.

Maschine vierzehn ganz hinten stoppt. Eine der großen Trommeln ist das, für die Laken. Der Ton setzt ein, unerträglich, penetrant, dieses digitale Pfeifen. Marwan schleppt sich hinüber, öffnet die Trommel. Das Pfeifen hört auf. Heißer Dampf quillt ihm entgegen. Er weicht zurück. Zieht mit rechts einen leeren Wagen heran und beginnt mit links die klammen, ineinander verhedderten Laken aus der Maschine zu zerren.

Wenn sie wenigstens gemeinsam schuften könnten, er und Oke, der Junge aus Lagos. Aber ihre Kabine ist winzig und sie haben nur ein Stockbett. Die schlechte Luft reicht gerade mal für einen. Einer arbeitet, einer schläft.

Die Laken scheinen sich aneinander festzuklammern, oder Marwans wunde Hände sind einfach zu schwach.

Chirurgenhände.

Die Mutter betrachtet seine Hände minutenlang, als er zum Studium der Medizin zugelassen wird. Mein Sohn, ein Chirurg. Stolz der Nation. Ha! Davon ist nichts mehr übrig. Nicht einmal wenn er sich konzentriert, kann er das Zittern unterdrücken. Marwan operiert nur noch auf der oberen Pritsche in den schlaflosen Stunden der Dunkelheit, egal ob draußen Tag oder Nacht ist, die enge Kabine muffig von Körperausdünstungen, billiger Aircondition und chemischen Reinigungsmitteln. Er kämpft gegen das Vergessen, näht eine Wunde, amputiert ein Bein. Doch die Bilder werden immer verschwommener.

Erschöpft lässt er den Wust aus feuchter Baumwolle los. Neuer Versuch.

»Lass nur!« Hat sie gerade mit ihm gesprochen?

Hat sie?

Sie schiebt ihn beiseite und entwirrt die Laken mit drei Griffen. »Mach das da! Ist leichter.« Sie deutet auf die Heißmangel. Marwan sieht sich um. Alle schuften stumm vor sich hin. Ab und zu wischt sich einer den Schweiß ab. Er hat das Gefühl, einer Sinnestäuschung aufzusitzen.

Die Chinesin nimmt seine Hand und legt sie auf den Rand des vergitterten Rollwagens. Sie deutet wieder zur Heißmangel. Marwan lächelt. Wann hat er zuletzt gelächelt? Er kann sich nicht erinnern. Es fühlt sich fremd an, die Mundwinkel hochzuziehen. Sie lächelt nicht. Wendet sich ab und geht zurück zum Rohr, um neues Futter für die ewig hungrigen, monströsen Wäschetrommeln zu holen. Marwan lehnt sich kurz an die Wand.

Gegenüber hängen Zettel, wie überall hier unten in den labyrinthischen Eingeweiden des Schiffes. Am nächsten Montag ist Zahltag. Zehn bis achtzehn Uhr, alle zwei

Wochen. Beim letzten Mal ist er in der Schlange eingeschlafen. Er ist auch nicht aufgewacht, als man ihn schließlich beim Namen rief. Jordan Baker. Seinen Pass hat die Security damals einbehalten, und irgendwie ist aus Marwan auf dem Weg in den Computer der Personalabteilung dieser Jordan Baker geworden. Amerikanischer Staatsbürger mit gültiger Sozialversicherungsnummer. Oke heißt ebenfalls Jordan Baker. Sie teilen sich den Namen sozusagen. Ohnehin interessiert es hier niemanden, wie du heißt. Wäscherei Nachtschicht. Ein Namenloser.

Daneben ein Werbezettel für den bordeigenen Geldtransfer-Service in alle Länder der Welt. Der Kurs ist schlechter als bei Western Union. Aber er und Oke haben keine Wahl. Sie können ja nicht im nächsten Hafen an Land gehen. Also schicken sie alle zwei Wochen Geld nach Hause. Ab und zu, ganz selten, eine E-Mail.

»Entschuldige, liebe Mama, dass ich so lange nichts von mir habe hören lassen. Ich habe endlich Arbeit gefunden, auf einem Schiff. Ich hatte noch keine Zeit, mir in Spanien eine Wohnung zu suchen. Ich bin hier Assistenzarzt für die Nachtschichten, Mama, ich muss ganz von vorn anfangen, aber was will man machen.«

Die Antworten seiner Mutter sind lang und kreisen immer um dasselbe Thema. Sie klagt über die Müdigkeit. Sonst gibt es nichts zu berichten vom Leben an der syrischen Mittelmeerküste. Warten darauf, dass Vater von der Arbeit nach Hause kommt. Warten darauf, dass der Krieg vorbei ist. Warten darauf, dass der Sohn zurückkommt. Warten auf Enkelkinder. Warten.

Oke hat mit den Lügen angefangen. Er behauptet, seine Familie will das so. Niemanden daheim in Nigeria interessieren Geschichten, die vom Scheitern erzählen. Scheitern ist Privatsache, meint Oke und lacht. Jede Woche berichtet er ausführlich von seinem Leben auf diesem Luxusdampfer, wo er als Aushilfskellner angefangen habe, dann Barkeeper wurde und jetzt, nach einem Vierteljahr, bereits Dining Room Manager sei.

Schluss mit dem Grübeln. Man kann sich nie sicher sein, überall hat der Inder seine Kameras installiert. Ein unheimlicher Typ, schläft nie, immer pirscht er durch die Gänge mit diesem leisen, federnden Gang. Nichts als leere Versprechen in den Taschen. Nächste Woche vielleicht. Wir verhandeln. Miami verhandelt. Keiner will euch haben. Wer weiß, was der einem antut, wenn man nicht richtig arbeitet.

Marwan stößt sich leicht von der Wand ab und geht drei Schritte nach vorn. Er nimmt ein Laken aus dem Korb und führt es langsam in die Walze ein. Wenn er einen Fehler macht, hält die Mangel an. Langsam, Zentimeter für Zentimeter verschwindet die Baumwolle zwischen den Rollen. Der Geruch erinnert ihn an seine Kindheit. Die Wäscherei im Hof, gleich hinter dem Haus. Ein Rohr aus der Wand, weißer Dampf, Tag und Nacht. Sonne auf den roten Steinen. Seine Katze.

Er wartet einen Moment, dann nimmt er das Laken unten wieder in Empfang. Es ist glatt und frisch, wie neu. So würde er sein Leben gerne noch einmal beginnen.

Neustart.

In diesem Moment schlingert das Schiff, der Schwindel setzt wieder ein, Marwan lässt das Laken los, taumelt seitwärts, greift ins Leere und knallt mit dem Kopf gegen das Gestell der Kleiderstange, die am Boden festgeschraubt ist wie alles auf dem Schiff.

Die Chinesin fährt herum, als hätte sie geahnt, dass so etwas passieren wird. Alle anderen arbeiten weiter.

Dunkelheit.

Spirit of Europe | Deck 1

Lalita Masarangi und Joseph Quezón

Entertainer-Kabinen haben ein Bullauge. Auch wenn da draußen voll der Nebel ist. Die Platzangst ist weniger heftig. Und keine Stockbetten. So fühlt es sich also an, in einer Entertainer-Kabine entjungfert zu werden.

»Gurkha Girl!« Seine Stimme klingt rau und fordernd. Lalita, die sich nicht rührt, gefällt dieser Name, den er jetzt flüstert, während sein Mund sich über ihren nackten Körper tastet, dicht gefolgt von Schauern, die über ihre Haut ziehen wie ein leichter Wind.

Gurkha Girl. Ihre männlichen Vorfahren sind Gurkhas in der zwölften Generation, stolze Elitesoldaten im Dienst der englischen Krone. Stolze Blödmänner, die wie Pfauen vor der Königin herumstolziert sind, die sich haben abschlachten lassen unter dem Zeichen der gekreuzten Dolche. Und wenn sie nicht gestorben sind, was allerdings nicht häufig vorkam, dann sind sie nach getaner Arbeit brav wieder dahin verschwunden, wo sie hergekommen sind. Wie fucking blöd.

Nicht, dass Lalita ihre Ahnen lächerlich findet.

Im Gegenteil. Noch vor vier Jahren wollte sie unbedingt eine von ihnen sein. Wenn dieser wunderschöne Junge von den Inseln wüsste, wie recht er hat. Gurkha Girl, that's me. Lalita Masarangi from Gurkha town, Aldershot, UK.

Ah. So fühlt sich das also an. Mach weiter, Island Boy.

Jo spürt mit seinem Mund das leichte Zittern ihres Körpers unter seinem. Plötzlich überfällt ihn wie ein Schock die Erkenntnis, dass dieser Körper jung ist. Jünger als seiner, voller Blut, das pulsiert, Muskeln, deren Kraft er fühlt, und Haut so weich wie Schaum, der sich zu nichts verflüchtigt, wenn du ihn in die Hand nimmst. Jo will diesen Körper haben, er will ihn besitzen. Seine Hand greift nach ihrem Bein. Drückt es nach außen, heftig. Er will, er muss in sie rein. »Los, mach schon, bitch!« Tiefer. Nimm mich auf.

Aber zu spät. Die Welle kommt von hinten diesmal. Sie ist hoch, noch höher als in den Albträumen seiner Kindheit.

Seine Mutter weit weg in Kuala Lumpur, um fremde Kinder zu hüten, als es anfängt. Großmutter Bella ist schon alt, aber ihre Wut lodert heiß. Und sie wird sehr wütend, wenn er im Schlaf nach der Mutter ruft. Sie erfindet Geschichten von einer Welle, höher als ihr Haus, die ihn verschlingt, wenn er nicht aufhört zu weinen.

Viel später, als er Bilder von dem Tsunami sieht, weiß er, dass Bella nicht gelogen hat. Und dass sie einen Tsunami herbeirufen kann – na ja, frag lieber, was die alte Bella Quezón nicht kann. Die ist sogar vor Gericht gezogen und kriegt jetzt eine Rente von der Regierung. Weil sie für die Befreiung gekämpft hat. By the way, Jos Mutter ist nie zurückgekehrt. Sie heiratete ihren Arbeitgeber. Eine praktische Lösung, denn von nun an brauchte er sie nicht mal mehr dafür zu bezahlen, auf seine Kinder aufzupassen. Bis heute schickt sie Geld für Bella und Jo, jedes Jahr zu Weihnachten.

Die Welle kommt und schmettert ihn gegen den Körper von Gurkha Girl, deren Muskeln augenblicklich zu Stahl werden. Er hört sie keuchen, nach Luft schnappen. Er fühlt schon das Wasser, salziges Wasser auf seinem Gesicht.

»Jo?« Lalita versteht nicht. Was ist hier los? Hat sie irgendwas falsch gemacht? »Hab ich –?« Er schüttelt den Kopf, vergräbt sein Gesicht zwischen ihren Brüsten.

Ihr Atem geht immer noch schnell. Ihr ist schwindelig. Etwas brennt in ihr, tief drinnen. Bin ich jetzt keine Jungfrau mehr? Oder was? Mann, dreiundzwanzig und so was von blöd!

Als die white trash chicks von Aldershot schon Sex ohne Ende haben, kennt Lalita nur ein Ziel: In zehn Jahren bin ich tot!

Tot, weil gefallen für die britische Krone. Oder Selbstmord, weil die Aufnahmeprüfung versemmelt. Also Kathmandu. Jeden Morgen um fünf aufstehen. Training, Training, Training. Wie ein Mantra, sie will den Tod, quält sich für den Tod. Der Tod erscheint ihr so viel leuchtender, so viel intensiver, so viel dramatischer als das Leben. Ist das ein Wunder? Sie hat die erste Liebe ihres Lebens verloren, weil er in ihren Bruder verliebt ist. Und die beiden nach London verschwunden sind. Und ganz Aldershot sich das Maul zerreißt, weil der Sohn eines früheren Elitesoldaten, na ja, halt schwul ist.

Tod oder Selbstmord. Fuck it. Und jetzt liege ich hier mit diesem Jungen, der zum Sterben schön ist. Bereit zum Sterben. Und wieder nichts.

Jo kann nicht darüber sprechen. Er kann dem Gurkha Girl nicht sagen, dass er seit Wochen reiche Frauen fickt, um sich was dazuzuverdienen. Dass er sich selbst zum Kotzen findet. Aber so ist das nun mal. Die Gage ist ein Witz. Davon kann man nicht mal eine Wohnung in den Slums von Manila bezahlen. Raymond macht tagsüber Perfume Sales, der Schlagzeuger übernimmt die Tontechnik für die anderen Bands auf dem Schiff und der Pianist spielt noch für die Eisrevue. Für Jo hat es mit dem Nebenjob im Casino angefangen. Die letzten drei Stunden am Blackjack-Tisch. Der Typ, der vor ihm dran war, ein Amerikaner, wollte seine halbe Schicht abgeben. »Hab was Besseres vor.« Zwinkern. Und dann: »Lass nichts anbrennen, Kumpel!« Noch mal Zwinkern. Abklatschen. Zwei Stunden später weiß Jo, was gemeint war.

Die schwarzhaarige Kettenraucherin auf Krücken. Brillanten in den Ohren. Dollarscheine im Bündel dabei. Sie verliert und raucht, verliert und raucht, verliert. Ihre Stimme, heiser von den vielen Zigaretten. Sie flucht leise vor sich hin, in einer Sprache, die er nicht versteht. Die Augen hart wie graue Kieselsteine. Am Ende liegt eine Rolle Dollarscheine vor ihm auf dem Tisch. Sie ist die Erste.

»Ich muss kurz an die Luft!« Jo will weg. Er will sich nicht in dieses Mädchen verlieben. Er will Geld zusammenkratzen, viel Geld, und dann endlich sein Album aufnehmen. Eigene Songs. Eine einzige Chance nur. Also weg hier.

»Bleib, solange du willst. So sorry.« Damit ist er aus der Tür.

Kein Blick zurück.

Eine knappe Stunde später prallt sein Körper auf die Wellen. Jo ist nicht sofort tot. Er kämpft sich an die Oberfläche. Sieht das Schiff, voller Lichter, voller Leben, langsam kleiner werden. Sieht den ersten Schimmer der Morgenröte. Und wendet sich, ganz ruhig jetzt, der Welle zu, die ihn verschlingt.

HAVARIE

Position: 37°20'N 0°49'W
Radius: 12 Seemeilen
Beginn: 13.53 MEZ
Dauer: 86 Min. (Spielfilmlänge)

Spirit of Europe | Deck 10

Léon Moret

Léon schläft.

Im Traum läuft er über den Broadway. Der Broadway, die Nervenbahn des Schiffs. Broadway, welcher zynische Witzbold hat sich das bloß ausgedacht. Nichts vom Glanz und Gloria der oberen Decks. Hier wird geschuftet und geschwitzt, Nachschub gewuchtet, Müll verschoben, Wäsche in Säcken hinter sich her gezerrt.

Léon sucht nach Mado. Gesichter, unscharf. Die globale Arbeiterklasse rennt wie gejagt auf den letzten Drücker zum Einsatz. Keiner, nicht mal dein bester Freund, lächelt dir zu. Die Gesichtsmuskulatur hat frei. Dieses ganze verlogene Display von Freundlichkeit, die Angst vor den Kameras im Nacken, ist hier nicht drin. Hier sieht man Stress, Anspannung, Ringe unter den Augen. Erste Falten. Léon verschenkt hier und da ein Lächeln, nickt jemandem zu, er hat ja noch was übrig von seinen einsamen Nächten auf der Brücke. Da kann er nackt im Dunkeln rumlaufen und niemanden stört's. Ein nackter Offizier. Huh!

Léon läuft und läuft. Der Broadway nimmt kein Ende, immer weiter die kränklich gelben Wände entlang. Da war doch Mado gerade. Was immer krasser wird, ist der Geruch. Als würde jemand einen Schalter langsam hochdrehen. Müll, Kotze, Pisse, Schimmel.

Lächeln. Nicken. Du bist Offizier. Lass dir nichts anmerken. Leute hasten vorbei. Finstere Gesichter, Mann. Hitze. Gestank.

Lächeln, Léon. Mado! Ist sie das doch? Er geht schneller, beginnt zu laufen. Na klar, Mado ist das, in ihrer Uniform, das frisch geglättete Haar in diesen perfekten runden Strudel gezwungen. Mado aus den Banlieues von Lyon. Hier ist es egal, wo du herkommst. Wir sind alle gleich. Léon von der Île d'Aix. Mado aus Lyon. Léon ist weiß, Mado schwarz.

Damit haben wir kein Problem.

Léons Kabine auf Deck 10, Mados auf Deck 1, knapp über der Wasserlinie. Wo Léon herkommt, gibt es nicht mal Autos, nur Austern, Wind und Meer. Wo Mado herkommt, gibt es nur Müll und Hochhäuser und vergiftete Flüsse und –

Ein scharfer Ruck geht durch das Schiff.

Léon taucht aus dem Schlaf wie ein Ertrinkender. Mist, verschlafen. Dunkelheit. Diese Kabine ist Fluch und Segen. Kein Tageslicht. Muss schlafen.

Das Schiff. Was ist los.

Die Motoren dürfen niemals ausgehen, unter keinen Umständen. Er lauscht. Leises Brummen. Die Maschinen laufen Tag und Nacht. Seit die *Europe* vor vier Jahren im Trockendock war. Auch im Hafen. Stromversorgung. Seitenruder.

Was ist los? Keine Vorwärtsbewegung mehr.

Léon springt auf. Tablet an. Er greift nach der Hose über dem Stuhl. Inspiziert: keine Flecken im Schritt. War doch scheißlangweilig die letzte Stunde da oben. Vesselfinder Pro hochfahren. Sie sind mitten auf dem Meer, zwölf Meilen vor Cartagena.

Hemd zuknöpfen. Léon blinzelt und starrt auf die kleinen bunten Dreiecke. Noch voller jetzt am Tag. Jedes Jahr schlimmer. Klickt sich durch die Schiffsnamen. Manche trifft man immer wieder, wie alte Bekannte. *Siobhan*, Cargo Ship. Die Chaoten von gestern Nacht, liegen in Cartagena, als könnten sie kein Wässerchen trüben. Weiter. Nichts Auffälliges. Schuhe. Wo sind die scheiß Schuhe? Blick in den Spiegel.

Léon, müde, verwuschelt. Léon, Strandkind. Grüne Augen. Grünes Meer. Léon, Aussteigerkind. Schweigendes Abendessen am Holztisch. Sein Vater Georges mahlt mit den Kiefern. Fanatischer Umweltschützer. Geologe. Hat ein Verfahren entwickelt, wie man aus alten Neonröhren Seltene Erden recyceln kann. Einziges Geräusch das Schmatzen von Fabien. Großer Bruder.

Léon schneidet Grimassen vor dem Spiegel. Lächeln, Léon.

Léon Moret. Erster Offizier.

Immer im Dienst.

Contenance!

Spirit of Europe | Deck B2

Lalita Masarangi

Schnell, schnell. Sie hat alle vier Monitore eingeschaltet. Das Programm braucht endlos, bis es hochfährt. Mach schon. Lalita zieht noch mal an ihrem Joint, ganz ruhig jetzt, komm, Baby. Sie tritt den Joint aus und steckt die Kippe in die Hosentasche. Griff zum Raumspray. OMG! Warum kauft Nike nicht Rosenduft oder irgendwas, ausgerechnet Meeresbrise, hier stinkt doch sowieso alles nach Meer. Sind wir Fische? Sie spürt, wie ihr das Haschisch zu Kopf steigt.

Schritte vor der Tür.

Kann nicht Nike sein. Der ist noch mindestens dreißig Minuten auf Inspektionstour. Plötzlich überkommt sie das Gefühl, das Schiff hielte an. Kann auch nicht sein, muss am Stoff liegen. Kein Fenster hier in der Security-Zentrale. Braucht man auch nicht, gibt ja die Kameras. Lalita kichert. Geiler Stoff. Wer weiß, was Jo da für ein Zeug – sie hat den Joint mitgenommen, als sie vorhin aufgestanden ist. Bisschen Rache muss sein. Einfach so abzuhauen!

Jo, dieser Arsch. Sie fühlt sich fast so beschissen wie damals nach der Ablehnung in Nepal. Benutzt. Lalita Masarangi, gebrauchtes Gurkha Girl, billig abzugeben.

Endlich, das Programm läuft. Welche Kamera zuerst? Hey, geh strategisch vor. Die Kamera auf Deck 1, Flur steuerbord. Sie klickt sich durch die Aufnahmen von letzter Nacht.

Hier, das sind wir beide. Mann, seh ich scheiße aus in dem Kleid. Egal. Jetzt weg.

Was ist das? Da kommt einer aus seiner Kabine. Nur in Unterhose mit Wampe. Igitt, eklig. Verschwindet wieder.

Klick.

Klick.

Kam mir gar nicht so lang vor, was wir drinnen – da ist er. Jo, was ist nur los mit dir. Du rennst da durch den Flur, als wäre ein Monster hinter dir her. Jo. Sie drückt Pause, kurz bevor er an der Kamera vorbei ist. Tick. Tick. Tick. Zoomt sich mit dem Joystick ran. Jo ist schön. Auch so, in Schwarzweiß und verpixelt.

Klick.

Klick.

Lalita weiß, wie man sich von Kamera zu Kamera klickt, wenn man einmal jemanden am Wickel hat. Sie ist damit aufgewachsen. Auf Papas Schoß gesessen. »Versuch's mal, Prinzessin.« Daddy's girl.

Jo geht zum Fahrstuhl. Klick. Deck 3. Nein. Fährt weiter. Klick. Klick. Klick. Deck 4, 5, 6. Wo will der hin? Hektisch fingert sie an der Maus. Spürt ihr Herz schlagen. Wohin gehst du, Jo? Wohin treibt es dich fort von mir? Halt, zurück. Deck 5. Promenadendeck und Zugang zum Casino. Da ist er. Casino. Schwarz. Access denied.

»Die Kameras im Casino sind nur mit Zugangscode abrufbar.«

Oh.

Nein.

Nike.

Nichts hat sie gehört. Gar nichts.

»Aus Gründen der Privatsphäre.« Schneidend. Lalita springt auf. Mit drei Schritten ist er bei ihr. Beugt sich über den Tisch. Sein Rasierwasser. Ihr wird schlecht. »Wem spionierst du nach?«

Ihre Gedanken rasen. Ausrede. Du musst was erfinden. Schnell. Bevor dein Vater davon erfährt.

Lalita sieht Nike nicht an. Fühlt, wie er ihr die Maus aus der Hand nimmt. Ganz sanft. »Sieh hin, Schlampe.« Mit drei Klicks ist er wieder auf dem Flur. Jo und Lalita. Mann, seh ich scheiße aus. »Bist du irre, Mädchen?« Fast geflüstert. Seine Hand an ihrem Kinn, immer noch ganz weich, ganz sanft. »Sieh hin. Sieh genau hin. Der schläft irgendwo seinen Rausch aus, zwischen zwei Beinen, die länger sind als deine.«

Lalita würgt. Die Scham schießt ihr zusammen mit der Galle in den Mund.

Runterschlucken.

Nikes Funkgerät knistert. »Security Chief auf die Brücke!«

Sie spürt seine Ungeduld. Er muss das hier zu Ende bringen. »Wir haben einen Zwischenfall. Ich muss auf die Brücke, und du bist in fünf Minuten oben bei deinen Kollegen auf Deck 12. Patrouille. Passagiere sammeln sich steuerbord. Viele. Sehr viele. Hörst du, Mädchen! Wenn auch nur einer einen Kratzer abkriegt, mache ich dich persönlich dafür verantwortlich.«

Die Tür knallt hinter ihm ins Schloss.

Lalita rührt sich nicht. Der Bordlautsprecher knackt. Die Stimme von Léon Moret dröhnt durch das Schiff: »Meine sehr geehrten Damen und Herren, hier spricht der Erste Offizier. Einige von Ihnen haben sicher schon bemerkt, dass wir die Maschinen gestoppt haben. Der Grund ist ein havariertes Schlauchboot, steuerbord längsseits. Es gibt keinen Grund zur Besorgnis, die Küstenwache ist –«

Lalita greift nach ihrem Barett.

Deck 12.

Nur vorher noch schnell kotzen.

Spirit of Europe | Deck 12

Seamus Clarke

Blau. Blaues Wasser, von oben, ohne Himmel. Leichter, rollender Wellengang. Das Bild wackelt. Mitten im Blau tanzt ein graues Schlauchboot auf den Wellen. Darin viele Menschen.

Zu viele.

Seine Hand mit der Kamera kriegt einen Stoß von rechts. »Kelly, Mädchen, kannst du mir die nicht vom Leib halten?« So ein verdammtes Gedrängel und Geschiebe hier oben.

»Wie viele, Seamus, sag doch mal, wie viele sind's denn?«

Ach, Kelly. Kann doch nicht richtig zählen, das wackelt hier so. Achtung, ich zoom mal zurück.

Das Boot mit den Menschen drauf wird kleiner, oder das Blau wird größer, wie man's nimmt. Winziges Boot in riesigem Blau. Noch ein brutaler Wackler, der Himmel rutscht kurz ins Bild, die Grenze zwischen Meer und Horizont ist verwischt vom Dunst.

Seamus versucht scharf zu stellen, aber das Boot gerät ihm immer wieder aus der Bildmitte. Er zoomt weiter zurück.

Erst erkennt man die Menschen nicht mehr.

Dann das Boot nicht mehr.

Was bleibt, ist ein schwarzer Fleck im Blau.

Seamus' Kameraauge verliert sich darin. Wo sind wir? Das Auge sucht Halt, die Hand folgt. Seamus schwenkt nach rechts. Glasfronten. Das Fitnessstudio. Dann nach links. Menschen an der Reling, im Gegenlicht. Nach unten: Menschenmenge auf Deck 4.

»Seamus!« Kelly zieht an seinem Hemd. »Jetzt sag doch mal, wie viele!«

Mädchen, was willst du, ich kann sie nicht zählen. Es wackelt zu doll. Seamus nimmt kurz die Kamera runter.

Orientierung: Wo bin ich? Deck 12. Eben noch alle beim Sonnenbaden auf den Liegen. Kelly glücklich mit Bloody Mary und ihrem Buch, Seamus andersrum, mit Blick auf den Pool. Genau gegenüber thronen nämlich die oberen Zehntausend. Die aus den Suiten. Immer schön separiert vom gemeinen Volk. Die Frauen von oben bis unten voller Klunker. Heute ist nur die Alte mit dem Rollstuhl da. Ohne ihre Begleiterin. Hängt im Liegestuhl wie ein Schluck Wasser in der Kurve. Wirkt ein bisschen verloren, so ganz alleine. Wie heißt es gleich: It's not lonely at the top. There is a swimming pool.

Was war noch los? Ach ja, der Bellyflap Contest. Männer machen Bauchklatscher. Je fetter, desto größer die Chance zu gewinnen. Hat man einen dickwanstigen Briten je besser zu Gesicht bekommen? Seamus hebt sein Glas und prostet dem Sieger zu, als plötzlich: »Meine sehr geehrten Damen und Herren, hier spricht der Erste Offizier.«

Brücke. Da muss doch was –

Seamus hat schneller die Kamera in der Hand, als er denken kann. Und schon kommen sie von hinten und quetschen ihn und seine wee lady an die Reling, als gäb's was umsonst da vorne.

Keinen Respekt haben die Leute heutzutage. Er sieht sich nach der Lady um. Kelly zuckt die Schultern, schiebt eine aufdringliche alte Schachtel zur Seite und legt sich einfach wieder hin. »Sag mir Bescheid, wenn was Aufregendes passiert.«

Seamus hebt die Kamera vors Auge. »Klar, Mädchen, ich bleib hier auf dem Posten.« Selbst wenn er wollte, er kann jetzt nicht aufhören, auf das Schlauchboot da draußen zu starren. Seamus bleibt dran. Ist ihm quasi zur zweiten Natur geworden. Das kommt mit dem Job.

Seamus ist Nachtwächter im Royal Albert Hospital in Belfast. Ein Riesenkasten ist das, ein eigener Stadtteil aus viktorianischem Klinker, dazwischen Neubauten aus Glas und Stahl. Spezialisiert auf Schusswunden und Hirnverletzungen. Ja, so ist das, ein Erbe der troubles, fast vierzig Jahre Bürgerkrieg. Für alles gibt es einen Markt auf dieser Welt.

Jeden Abend bindet Seamus seinen Schlips um, streichelt seinen Jack-Russel-Terrier namens Jack – ja nun, so heißt er eben, hab ich je behauptet, bloody James Joyce zu sein? Er tritt aus dem Einfamilienhaus am Ende der Sackgasse in Dunmurry. Rundherum stehen andere Häuser wie seins, im Halbkreis angeordnet, wie das Set einer friedlichen Vorstadtsiedlung in einer verdammten Fernsehserie der BBC. Seamus kennt jeden Mann und jede Frau, die jeden Tag aus ihren Häusern treten. Durchschnittliche Menschen, die durch hübsche Vorgärten zu ihren durchschnittlichen Autos gehen.

South Belfast. Katholisch durch und durch.

Der Krieg ist vorbei, ja das ist er, aber die Leute hier, die haben andere Zeiten erlebt. Die trauen nur denen, die sie kennen. Da kaufst du dir kein Haus im Osten oder im Norden der Stadt, wenn du nicht lebensmüde bist. Und wer will schon unter Leuten wohnen, die nicht verstehen, dass sie keine Zukunft haben? Die sich an ihren britischen Fahnen festklammern, die längst nichts mehr bedeuten? Die Zukunft gehört der Republik Irland, Europa, was weiß ich.

Siehst du den Typ, der da hinten aus dem Pub kommt, im Jogginganzug, Fluppe im Mundwinkel? Ganz hohes Tier in der IRA war der.

Seamus fährt jeden Abend Richtung Norden in die Stadt. Es regnet. Die Dämmerung in Belfast dauert doppelt so lang wie irgendwo anders auf der Welt. Ein gepanzerter, verbeulter Polizeiwagen fährt vorbei. Wenigstens keine Schüsse mehr. Seamus dankt sicherheitshalber der heiligen Mutter Gottes, dass die Zeit der troubles vorbei ist. Fragst du ihn oder einen seiner fünf Brüder: No doubt about it, wir gehören nicht zu den Hardlinern. Aber versteh mich nicht falsch. Der bewaffnete Kampf war notwendig. Sonst würden wir hier immer noch nach der Pfeife tanzen wie mein wee little Jack.

Kannst du dir nicht vorstellen, hier gab es nach dem World War 2 nur Felder und Farmen. Unsere Vorfahren hausten unten in der Stadt, zusammengepfercht in engen Mietwohnungen. Wer keinen Grundbesitz hat, darf nicht wählen. Und so wird eben dafür gesorgt, dass die Katholiken keine Häuser besitzen. So einfach ist das.

Wir Clarkes sind eine Arbeiterfamilie. 1961 endlich raus aus den Slums, unser eigenes Haus in Turf Lodge. Ein neuer Stadtteil, dem Moor entrissen, im Schatten des Black Mountain. Viele Kinder, ein wildes Rudel, die Straße ist ihr Spielplatz. Steil genug für mörderische Seifenkistenrennen.

Hier drüben war das, siehst du? Nur ohne Stadt rundherum. Hier fuhr kein Bus raus, keinen Laden gab's. Wir Kinder mussten zu Fuß zur Schule laufen, eine Stunde jeden Tag bei Wind und Wetter. So kannst du Leute auch zum Stillhalten kriegen. Aber nicht uns. Wir haben hier unsere eigene Schule gegründet, dann die Kirche, dann das Kulturhaus, dann den Social Club.

Seamus grüßt eine Frau mit Dauerwelle und rosa Woll-schal, die mit Regenschirm über die Straße hastet. Nette alte Dame, oder? Führt jedes Jahr den Trauermarsch an, rüber zum Friedhof. Ihr Sohn wurde von den Briten erschossen, gleich hier. Und Mary, die älteste Tochter, verrücktes Mädel. Da oben lag sie, auf dem Dach mit einer Flinte im Anschlag. Ist heute in Australien, die Mary.

Die Scheibenwischer kommen nicht gegen den Regen an, Seamus schaltet hoch, unscharf in Schlieren sieht ihn Kevin von seinem Wandbild an. Hi, Kevin. Mein Freund. Du hast immer noch deinen Haarschnitt aus den Siebzigern. Trägt man heute nicht mehr.

Kevin.

Steig ein.

Ab hier hat Seamus Kevin immer dabei. Jeden Tag. Fährt mit ihm ins Royal runter, Richtung Meer. An den anderen Wandbildern vorbei. Die Hungerstreikenden.

Schönen Abend dir auch, Bobby Sands.

Die Peace Wall trennt katholische von protestantischen Vierteln. Peace, well, so kann man es nennen. Wenn du dich hier nicht auskennst, stehst du in null Komma nichts vor einer Wand mit Glasscherben obendrauf und kommst nicht weiter. Neuerdings veranstalten sie Busfahrten für Touristen: die Fassadenmalereien von Belfast. Die ganze Stadt ist schließlich voll davon. Wir haben angefangen. Die Loyalisten haben nachgezogen. Na ja, besser als Krieg.

Kevin steigt mit Seamus aus dem BMW, geht die Brücke vom Parkhaus rüber zum Klinikgebäude, durch endlose Flure und Gänge. Türen öffnen sich summend von allein. In den Fahrstuhl. Achter Stock. Noch ein Flur. Ein fensterloser Raum. Voller Monitore. Der Kollege geht, der freut sich auf seinen Feierabend.

Seamus hängt seine Jacke auf und setzt sich auf den Drehstuhl. Komm, Kevin, komm her und guck. Dreihundert Monitore, überall Kameras hier im Royal. Menschen mit Kopfverletzungen reagieren oft unangemessen, sind orientierungslos, greifen das Klinikpersonal an. Seamus muss solche Vorfälle vorhersehen, dafür ist er ausgebildet.

Siehst du, Kevin, hätte ich das damals gekonnt.

Hätte ich es verhindern können.

Hätte ich dir zurufen können: »Verpiss dich, Alter, schnellstens!«

Hätte ich, Kevin?

Guck mal, ich kann jede einzelne Kamera im Haus aktivieren, ich kann sie bewegen und mich in jede Ecke zoomen. Erkennst du es, Kevin? Dein Zimmer?

Dort bist du gestorben, drei Tage später, das Plastikgeschoss hat dein Gehirn zerstört.

Kevin, bester Freund. Seamus nimmt die Kamera runter. Ihm ist schwindelig. Das geht ihm noch heute so, wenn er an den Tag denkt, an dem Kevin –

Na ja, was soll's.

»Ist was, luv?« Kelly schiebt die Sonnenbrille hoch und sieht ihn besorgt an.

Er schüttelt den Kopf. »Ist nur so verdammt heiß.«

Und müssen die alle so laut schreien um ihn herum?

Vielleicht könnte er runtergehen in den Irish Pub auf der Promenade und sich ein frühes Pint gönnen. Ehrlich gesagt, da unten fühlt er sich wohler als hier, da ist es dunkel und kühl wie zu Hause. Seine Kelly und die Brüder, sie haben zusammengelegt und ihm zum Fünfzigsten diese Kreuzfahrt geschenkt. Aber Seamus vermisst Belfast. Vermisst den Regen.

Vermisst Kevin. Wie jeden Tag seit siebenunddreißig Jahren.

Er hebt die Kamera wieder an die Augen.

Er muss hinsehen. Muss sehen, was mit den Jungs da draußen passiert. Muss achtgeben. Vielleicht ist das Kevin da draußen, auf diesem Boot. Der mit dem roten Tuch vielleicht, der dauernd winkt. Ist natürlich Unsinn, aber solche Gedanken schießen einem durch den Kopf. Wer weiß schon, was wirklich ist?

Hinter ihm quengelt eine Britin: »Warum können wir nicht weiterfahren? Wer will die schon hierhaben? Sollen doch ihre eigenen Leute kommen und sie rausfischen.«

Seamus drückt den Knopf. Aufnahme läuft.

Er zählt. »Eins, zwei, drei –«

Nein, verdammt. Kann die nicht mal ihre Klappe halten?

Fucking Brits!

»Eins, zwei, drei, vier, fünf, sechs, sieben …«

Spirit of Europe | Deck 2 (Krankenstation)

Marwan Fakhouri

Die Maschinen des Schiffes wummern in seinem Kopf. Er hat das ganze riesige Schiff verschlungen, und nun dröhnt und stampft es vor Wut. Sein Kopf dehnt sich immer weiter aus, um die gewaltigen Motoren in sich aufzunehmen.

Da, jetzt. Alles drin. Draußen Ruhe. Lärm im Kopf.

Marwan, konzentriere dich.

»Fakhouri, Diagnose?« Ist das die Stimme des Professors?

Panik. Aus dem Bauch.

»Hirnblutung.«

Die Prüfung. Er will die Prüfung bestehen.

»Präzise, Fakhouri, präzise.«

»Arterielles Epiduralhämatom.«

Der Professor steht ihm gegenüber im OP. Sie werden gleich beginnen, den Schädel zu öffnen. Die Blutung muss unbedingt gestillt werden.

Halt. Stopp.

Zurück.

Kann nicht sein.

Der Professor. Von Heckenschützen getroffen, im Auto, auf dem Weg ins Krankenhaus von Aleppo. Durchschuss der Carotis, überall Blut. An der Ampel verblutet. Ein Zufall, sagen sie. Zur falschen Zeit am falschen Ort. Kurz darauf die Bombardierung. Kampfflugzeuge der syrischen Armee.

Wieder ein Zufall? Sie haben Rebellen behandelt.

Rebellen: Freunde. Kollegen. Demonstranten. Patienten. Entführt aus dem Krankenhaus von der Sicherheitspolizei.

Vorspulen.

Wir operieren Tag und Nacht. In Privatwohnungen, auf dem Esstisch. Daneben der Schrank mit dem Geschirr, Bilder an der Wand.

Unglaublich.

Wir operieren auf provisorischen Tischen in Berghöhlen. Mit Strom aus Generatoren. Bis das Licht ausgeht.

Niemals werden wir preisgeben, wo sich die geheimen Kliniken befinden.

Niemals.

Wir trauen niemandem mehr.

»Wo bin ich?«

Marwan fährt hoch, ganz plötzlich. Die Ärztin, die gerade seinen Blutdruck messen will, springt vor Schreck auf. Seine Blicke schießen kreuz und quer, versuchen den Raum zu erfassen.

Ein Krankenhaus. Alles hell. Helles Licht. Helle Schränke. Instrumente, steril verpackt. Die Frau da, grüne OP-Kleidung.

Angst. Marwan wird geschüttelt von Angst.

Sie haben mich.

Solche Krankenhäuser hat nur Assad. Dort verschwinden die Dissidenten. Für immer.

Ich bin verloren.

Spirit of Europe | Deck 12

Sybille Malinowski

Er fordert sie zum Tanzen auf. Es ist bereits das dritte Mal heute Abend, und es fällt auf. Nur gut, dass sie wieder eine Idee hatte, wie man das alte Kleid aufpeppt. Keiner wird merken, dass es dasselbe ist wie im Frühjahr. Die Bluse mit den Knöpfen nach hinten und eine bunte Schärpe um die Taille. Alle Blicke auf ihr und ihm. Sie fliegt.

Sybille Malinowski möchte nicht aufwachen. Um keinen Preis. Sie sträubt sich wie ein altes Pferd, das nicht aus dem Stall will.

»Sybille, wir haben Geld, wir sind unabhängig. Wir können uns jeden Traum erfüllen!« Ein Traum. Ha! Das soll ein Traum sein? Eben noch in den Armen eines jungen Adligen durch den Rittersaal geschwebt. Das ist ein Traum! Auch wenn der Adlige seine Güter im Osten auf immer verloren hat und der Rittersaal nur der ausgeräumte Speiseraum eines staatlichen Internates ist. Sybille, auch mit sechzehn, weiß das. Und es ist ihr piepegal. Sie lebt ihren Traum.

Dies hier ist Abklatsch, ist Massenware, ist Ausverkauf. Früher hatten Kreuzfahrten einen gewissen Stil. Dies hier ist – ihr fehlen die Worte – absurd. Absurd und deprimierend. Sie stellt die Lehne ihres Liegestuhls aufrecht. Allein dieser Handgriff kostet sie eine Ewigkeit.

Was ist denn da los? Warum machen die so einen Radau? In dem von Tauen umspannten Bereich für die Gäste der Suiten ist sie allein. Sie hat einen guten Blick auf den Pool und die Fläche davor. Die Musiker haben aufgehört zu spielen, und dieser schreckliche Wettbewerb, in dem halbnackte Proletarier sich lächerlich machen, ist wohl auch vorbei. Sie hat die Augen schließen und Ohropax zu Hilfe nehmen müssen. Sonst hätte sie vermutlich zu schreien begonnen. Nicht einmal das kann sie mehr.

Stellen Sie sich vor, Sie seien einer solchen Situation hilflos ausgeliefert. Sie können nicht weg. Sie können nicht um Hilfe rufen. Ihr Gehirn steht auf. Ist vielleicht schon dort vorne, auf dem Weg nach unten in die Kabine. Und der Fuß steht hier und dreht sich nicht. Dreht sich einfach nicht um neunzig Grad, so dass ich aufstehen könnte. Ich schreie, und aus meinem Mund, der ohnehin immer zu Boden zeigt, weil ich den Hals nicht mehr aufrichten kann, kommt unverständliches Gebrabbel. Gebrabbel. Die Leute denken, ich bin nicht zurechnungsfähig, ein brabbelndes Wesen im Rollstuhl. Dabei ist mein Kopf glasklar. Ich sehe, höre, verstehe alles, vielleicht schärfer und akzentuierter, als ich es je in meinem Leben vermochte. Denn ich habe nur noch meine Gedanken.

Demut, Sybille. Sei demütig und dankbar für die Mittelmeersonne, die dich wärmt. Für die Orte, die du noch einmal bereisen darfst. Für die Menschen, die um dich sind. Dankbar? Sprichst du mit mir, Parkinson? Sprechen Sie mit mir? Für Sie immer noch: Frau Malinowski. Darum bitte ich. Vertraulichkeiten waren nie meine Art.

Also, was ist denn das nun für ein Lärm? Und wieso stehen die alle dort an der Reling? Sybille – nein, Frau Malinowski – kann nicht richtig sehen wegen der vielen Menschen. Wieder Delfine? Es muss doch etwas vorgefallen sein. Das Schiff fährt nicht mehr. Und die Musik ist aus. Sonst spielt hier Tag und Nacht Musik, entweder live oder aus Lautsprechern. Unerträglich laute, furchtbare Musik. Was ist da nur los? Hallo?

Das Mädchen von der Sicherheitsmannschaft hört mich nicht. Niemand hört mich. Wo will sie denn hin, so eilig? Schöne Haare hat sie, wie Seide. Ihr Gesicht sieht indianisch aus. Oder mongolisch? Ich finde sie schön. Ich war auch mal schön.

Ist das ein Gedränge an der Reling. Da möchte ich mit meinem Rollstuhl nicht drinstecken. Wo ist meine Trinkflasche? Ich soll trinken, viel trinken. Ach ja, das tut gut. – Da muss doch irgendwas sein! Der Mann mit dem roten Kopf und dem Bürstenhaarschnitt. Der filmt die ganze Zeit. Jetzt sieht er zu mir herüber. Wenn ich doch nur – wenn er mir zeigen könnte, was er aufnimmt.

Ulrich hat auch gern gefilmt. Schmalspur, 8 Millimeter hieß das, glaube ich. Wir waren viel unterwegs zu Kongressen. Da trifft man immer dieselben Leute in ähnlichen Hotels, ob in Japan oder Mexiko. Und auf eigene Faust loszuziehen, das war nicht so einfach. Als Frau.

Im Sommer an die Ostsee, im Winter zum Skilaufen, jedes Jahr dasselbe. Für die Kinder war das schön, keine Frage. Und der Mann konnte ausruhen von den Strapazen. Mir war oft unerträglich schwer ums Herz.

Insofern hat Wiltrud recht: Ich wollte lieber Städtereisen machen, und ich sollte dankbar sein, dass ich das jetzt kann. Diese Kreuzfahrten sind ein Segen für Rollstuhlfahrer. Wir starten ab Hamburg und landen am Ende in Monaco, ich muss mich nur in ein einziges Flugzeug quälen und kein Hotel suchen, das behindertengerecht umgebaut ist.

Dabei ist doch gerade das so schön, oder? Durch die Gassen einer fremden Stadt streifen, sich treiben lassen, eine kleine Herberge finden, mit einem Garten, umrankt von

wildem Wein. Eine steile Treppe erklimmen, auf einem ver-
wunschenen Plätzchen einen Kaffee trinken.

Stattdessen – sind Sie schon einmal mit dreitausend anderen Menschen in eine Stadt eingefallen wie ein Schwarm
Heuschrecken? Wie Opfergaben legen die Einheimischen
alles in die Schaufenster, was sich irgend verkaufen lässt: Bil-
ligware, Folklore, Kitsch. Nur damit wir darüber herfallen
und schnellstmöglich wieder auf unser Schiff verschwinden, nachdem wir alles kahlgekauft haben. Wir sind keine
Gäste, die man willkommen heißt, denen man Schönes und
Wertvolles anbietet. Wir sind wie ein Unwetter, das man
über sich ergehen lässt. Man weiß, dass die Pflanzen Regen
brauchen, aber man liebt ihn nicht. Ich fühle mich jedes
Mal schäbiger, wenn wir wieder auf die *Spirit of Europe*
zurückkehren. Ich möchte nicht mit diesem Monstrum in
Verbindung gebracht werden. Ich nicht.

In Palma de Mallorca wird sie nicht von Bord gehen. Wiltrud wird es nicht kümmern, sie hat schon lange keine Lust
mehr, den Rollstuhl in der Hitze durch steile Gassen zu
schieben.

Sie hatte ja keine Ahnung, dass ihre Schwester spielsüch-
tig ist. Man wird sich doch fremd über die Jahre. Man lebt
sich auseinander.

Sie muss auf die Toilette. Wiltrud ist beim Bingo. Die
kleinsten Dinge werden zum Problem. Sie muss sich in
Geduld üben. Sie muss lernen, um Hilfe zu bitten.

Spirit of Europe | Deck 4

Nikhil Mehta

Juhu Beach, Mumbai. Sonnenuntergang, die Luft geschwängert vom schweren Geruch nach Fett, in dem die Panipuri ausgebacken werden. Nach Räucherstäbchen und nach Jasmin, eingeflochten in die Zöpfe der Frauen. Wenn die Luft summt von allen Sprachen des indischen Subkontinents und Hunderten Dialekten, gespickt mit Englisch und anderen Versatzstücken der Diaspora. Wenn Roboter blinken und die Zukunft ausspucken für Leute, die daran glauben wollen, dass eine Maschine ihr Schicksal deuten kann. Wenn man sich als Sicherheitsbeamter in einem nicht enden wollenden Albtraum wähnt. Stell dir vor, ein drohender Anschlag. Und du musst den Attentäter finden. Jung, unauffällig, muslimisch. Natürlich! Kann man ruhig laut sagen. Jeder ist verdächtig. Mutter Indien, steh uns bei.

Deck 4, das untere Außendeck, überquellend von Menschen, erinnert ihn an Juhu Beach an einem Freitagabend. Nike schiebt sich langsam, aber mit Nachdruck durch die Masse der rosa Leiber. Sie riechen streng, die Europäer, nach Schweiß, Sonnenöl und Alkohol. Obwohl sie hier auf dem Schiff mehr Wasser verbrauchen als eine nicht ganz kleine Stadt in Indien. Wie eine Herde drängen sie nach vorn, während die erste Reihe sich sattgesehen hat und den Rückzug antritt. Die Spanne ist kurz: Vielleicht dreißig Sekunden starren sie durchschnittlich auf das Schlauchboot da draußen. Delfine halten gewöhnlich länger, aber nur in großen Gruppen.

»Schau, da winkt einer!«

Ein paar winken zurück.

Eine dicke Frau sieht ihn an, ihr Blick streift die Uniform, den durchtrainierten Körper. Sie betrachtet kurz ihr Spiegelbild in den Gläsern seiner Sonnenbrille und streicht sich blond gefärbtes Haar aus dem Gesicht. »Entschuldigung, Officer!« Ihre Stimme verwaschen. Die noch keine Alkoholiker sind, werden es hier an Bord. Werden geradezu beschossen mit Angeboten. Alkohol kostet extra. Und jedes Extra zählt in Miami.

Lächeln. »Yes, Ma'am?«

»Officer«, Augenaufschlag, »nehmen wir diese Ne– diese Afrikaner an Bord?«

»Nein, Ma'am. Wir warten, bis die Küstenwache kommt.«

Sie nickt erleichtert. »Wissen Sie, Officer, die könnten ja bewaffnet sein. Stellen Sie sich vor, wenn die Schwerter dabeihätten …« Sie reißt die Augen auf.

»Keine Sorge, Ma'am.« Nike legt ihr kurz die Hand auf den Arm und spürt, wie sie erschauert. »Ihnen wird nichts passieren.«

Noch ein prüfender Blick: Sie scheint sich beruhigt zu haben. Alles, nur keine Panik jetzt. Ein Sicherheits-Szenario, das Nike wesentlich bedrohlicher erscheint als ein paar rostige Schwerter. Die liegen weit hinten. Auf den vorderen Rängen: ein tödliches Virus. Ein Terroranschlag. Feuer.

Move on.

Nike kommuniziert im Gehen per Funk mit seinem Team, alles klar auf den oberen Decks, die Leute fangen schon an, das Interesse zu verlieren. Er ruft die Brücke. Der Alte ist endlich oben, bei allem Respekt, die Passagiere wollen jetzt die Stimme des Kapitäns hören. Nicht den jungen Spund.

»Lassen Sie ihn eine Durchsage machen«, bellt Nike den diensthabenden Zweiten an. »Irgendwas.«

Move on.

Die Lautsprecher knacken. Der Kapitän hat diesen albernen deutschen Akzent, den er seit Jahrzehnten pflegt, obwohl er ein Haus in Miami hat, wie jeder weiß. Aber die Gäste lieben das. Gibt ihnen das Gefühl von Sicherheit. Genauso wie die immer gleiche Leier: »Verehrte Gäste, hier spricht Ihr Kapitän Björn-Helmut Krüger von der Brücke. Heute, an Ihrem Seetag, haben wir ein besonderes Highlight für Sie.«

Bingo! Er kündigt die Bingo-Endrunde an. Guter Schachzug. Das bringt die Leute weg von der Reling. Gier siegt über Neugier.

Move on.

Nike wirft einen letzten Blick auf das sich leerende Deck, verschwindet durch eine »For Crew Only«-Tür und nimmt die Treppe runter zur Krankenstation. Den Gästen wird weisgemacht, sie hätten hier so was wie ein eigenes Krankenhaus, aber in Wirklichkeit besteht der Trakt aus zwei Quarantäneeinheiten und der lukrativen Bordapotheke. Wenn tatsächlich eine Operation anliegt oder Intensivmedizin benötigt wird, bringen sie den Patienten stillschweigend im nächsten Hafen von Bord, und die Angehörigen am besten gleich mit. Menschliche Tragödien möchte hier niemand vor der Nase haben, nicht im Urlaub.

Er geht direkt durch in die Kabine, die für Patienten mit ansteckenden Krankheiten vorgesehen ist. Die junge Ärztin, von irgendwo aus dem Baltikum, trägt einen Mundschutz. In den Augen darüber flackert Panik. »Er hat um sich geschlagen. Ich musste ihn fixieren.« Der arabische Hänfling liegt auf dem weißen Laken und murmelt unverständliches Zeug. Abgemagert ist er, obwohl sie ihn in der Crewkantine durchfüttern. Nike schlägt ihm vorsichtig auf die Wange. Wie heißt er noch, der Syrer? »Marwan, wachen Sie auf!«

Die Hand der Ärztin fühlt zitternd den Puls. Das hier ist was anderes als ein alter Knacker mit Herzinfarkt oder ein gebrochener Arm. »Ich fürchte, er hat eine Hirnblutung.« Wieder dieser flehende Blick.

Nike braucht nicht zu fragen. Er weiß, was das bedeutet. Als Security Chief macht man schließlich nicht bloß einen Erste-Hilfe-Kurs. Der Notfallplan spult sich vor seinem inneren Auge ab: Der nächste Hafen ist Palma de Mallorca, nicht vor morgen früh.

Zu spät.

Vorher: Hubschrauber anfordern. Nach Alicante oder Almería ausfliegen lassen. Kostenexplosion. Gar nicht zu reden von der Operation selbst.

Miami wird ihn verantwortlich machen.

Das Ende seiner Karriere. Urmila und die Kinder brauchen ihn. Die Wohnung in Andheri West. Nicht abbezahlt. Mumbai. Immobilienpreise steigen weiter. Schulgeld. Die beiden Kindermädchen und die Köchin. Das Auto. Der Chauffeur. Sein Fitnessstudio.

Stopp mal. Immer noch keine E-Mail aus Indien.

Heute. Heute muss sie doch endlich kommen.

Er kann es fühlen.

Sein Karma.

»Ich kümmere mich darum.« Nike muss nachdenken. Aber nicht bei der Dame hier, die aussieht, als würde sie gleich zusammenklappen. »Keine Sorge, Doktor.«

Wie oft er das sagt: Keine Sorge. Ma'am, machen Sie sich keine Sorgen, das Wetter wird bestimmt gut. Sir, keine Sorge, der Frachter da hinten kommt uns nicht zu nah. Keine Sorge, wir werden nicht auf Grund laufen. Wir werden nicht sinken. Wir werden nicht von Piraten angegriffen. Sie rufen auf der Brücke an. Sie ziehen ihn am Ärmel seiner Uniform. Sie stören ihn bei der Arbeit. Sie schreiben nach Miami. Sie tauschen sich in ihren Foren aus. Sie wissen alles besser. Besser als Nikhil Mehta alias Nike, der Troubleshooter.

Sein Vater hat mit einem kleinen Laden für Cricketbedarf angefangen. Daher der Spitzname. Wer hatte schon echte Nikes im Indien vor der wirtschaftlichen Öffnung? Ein großes eintöniges Land ohne Auswahl, ohne Ambitionen.

Heute besitzt die Familie ein Geschäft für Sportartikel in Ahmedabads größter Shopping Mall. Sein älterer Bruder führt das Unternehmen. Der weiß, wie man Kontakte gewinnbringend einsetzt. Bald wird er eine zweite Filiale eröffnen.

Nike verzieht sich nach draußen. Er braucht Ruhe zum Nachdenken. Szenarien durchspielen. Am besten im Casino, da ist es noch leer um diese Zeit. Er sprintet die Treppen hoch. Kein Problem, man muss sich fit halten, wo man kann. Nike verwendet jede freie Minute darauf. Der Fitnessraum für die Crew ist ein bisschen ärmlich, da trainiert jeder Hinz und Kunz aus der Küche. Als leitender Offizier kann Nike den Emerald Spa nutzen. Kraftraum, alle Maschinen vom Feinsten, Laufband mit Blick auf den endlosen Horizont. Der Whirlpool ist ausdrücklich nur für Passagiere erlaubt, aber für solchen Quatsch hat Nike sowieso keine Zeit. Bewegung ist sein Credo. Immer in Bewegung bleiben. Auf seine Initiative spielen Mitglieder

der Crew ab dreiundzwanzig Uhr noch ein paar Körbe auf dem Basketballfeld. Da lassen sie die Sau raus. Und Nike fühlt sich gut, wenn die Jungs ihm auf die Schulter klopfen. Einer von ihnen. Security Chief ist ein einsamer Job, in dem man jeden Verbündeten brauchen kann. That's it.

Kein Vergleich zu dem Pensum, das er absolviert, wenn er zu Hause im Club ist. Jeden Tag widmet er sich einer anderen Muskelpartie. Gründlich, von A bis Z. Trainiert die Reflexe am Sandsack. Deckt sich mit Proteinen ein. Wer sich strikt vegetarisch ernährt, braucht das. Urmila ist froh, wenn er ein paar Stunden aus dem Haus ist. Das ist ihr Spielfeld. Die Küche. Die Angestellten. Die Kinder. Fast immer ist Nike froh, wenn die zehn Wochen Urlaub vorbei sind. Ein Mann wie er braucht die Herausforderung.

Diese Situation ist eine. Erste Lektion: nichts anmerken lassen. Der Security Chief bleibt immer, unter allen Umständen, gelassen. Vorbildfunktion. Nike schlendert ins Casino, der bunte Strahl aus LED-Lichtern zieht ihn ins Halbdunkel. An Seetagen ist hier ganztags geöffnet. Aber jetzt sind kaum Leute da. Die Spielsüchtigen treibt es zur Bingo-Endrunde, da lockt der Jackpot. Am Blackjack-Tisch sitzt ein sehr junges Paar, die russischen Oligarchenkinder aus der Royal Suite. Sie trägt Schwarz, sehr kurz, über dünnen weißen Beinen und extrem hohen Pumps. Darüber ein Mädchengesicht mit Hamsterbacken, die sich nicht wegschminken lassen. Er wirkt aufgeschwemmt unter seinem Designerhemd, zu wenig Training. Entweder noch Babyspeck oder schon Koks. Sie kichern wie Teenager, während der Croupier ihre Chips zu sich fegt. Gäste nach seinem Geschmack. Machen keinen Ärger und verfügen über Barmittel ohne Limit.

Nike nimmt die Sonnenbrille ab und sieht sich um. Er

kann nicht anders: Er muss kontrollieren. Immer. Überall. Die Ecken. Die Wandspiegel. Nichts Auffälliges. Gut.

Move on.

Er patrouilliert durch verwaiste Reihen von Slot Machines. Ihre Geräusche wetteifern miteinander um seine Aufmerksamkeit, einige pfeifen wie Männer, wenn sie eine schöne Frau sehen.

Problemlage: Illegaler an Bord, Gehirnverletzung, Notfall. Gefahrenstufe: rot. Akute Bedrohung von Nikhil Mehtas Zukunft.

Seine Gedanken checken die möglichen Konsequenzen aus dieser Misslage. Sausen hierhin und dorthin. Almería. Palma. Miami.

Zu Sheila McGuire, Sicherheitschefin des Konzerns. Seit Mai hat sie ihn auf dem Kieker. Professionell. Aber deutlich kühler. »Lösen Sie das Problem, Nikhil. Ich mache meine Arbeit, Sie machen Ihre.« In der ersten Zeit hat sie noch auf seine E-Mails geantwortet: Ich kümmere mich darum. Mit Punkt. Dann mit Ausrufungszeichen. Dann gar nicht mehr. Seit ein paar Wochen herrscht Funkstille zwischen Sheila und Nikhil. Lösen Sie das Problem. Sie sind der Chief of Security. Dafür bezahlen wir Sie gut. Miami zieht sich aus der Affäre. Da gab es zwei, drei Versuche auf höherer Ebene. Wenn überhaupt.

Das Problem ist, Illegale wieder runter vom Schiff zu kriegen, wenn du sie erst mal von einem Staat in den nächsten befördert hast. In diesem Fall Spanien. Der Syrer wollte sowieso in Barcelona von Bord, dem Nigerianer war's egal. Also beide ab zur Guardia Civil. Aber die Spanier sagten: »Nada. Bringt sie nach Malta, wo ihr sie herhabt.« Die Malteser haben schon mehr als genug und wollen die auch nicht mehr. Die Briten nicht, in Southampton beim Turnover.

Und Miami sowieso nicht. Bevor diese Typen heiligen US-amerikanischen Boden betreten, behält man sie lieber an Bord. »Regeln Sie das, Mehta. Finden Sie eine Lösung!« Schöne Scheiße.

Nikhil bremst seine Gedanken ab. Langsamer. Geh deine Optionen durch. Der Araber muss runter vom Schiff. Umgehend.

Das Casino hat große Bullaugen mit schweren Samtvorhängen, die von der Mitte aus gerafft sind, so dass es nie ganz hell wird. Nike tritt an das runde Glas, das sich nur knapp über der Wasserlinie befindet.

Auf seiner Augenhöhe, sehr weit entfernt, tanzt das Schlauchboot auf den Wellen.

Verschwindet.

Taucht wieder auf.

Verschwindet.

Move on.

Äther

Salvamento Marítimo:	Sir?
Spirit of Europe:	Yes Sir go ahead for Spirit of Europe. This is the Captain speaking.
Salvamento Marítimo:	Are these people requesting any help from your side?
Spirit of Europe:	Yes Sir we are wondering will you be able to send a boat out and pick up the refugees at this current position or do you like us to pick them up?
Salvamento Marítimo:	There is an alternative Sir that you wait in this area until we are able to send a search and rescue unit to the area.
Spirit of Europe:	How long will that take Sir? How long will that take for the rescue unit to get to this area?
Salvamento Marítimo:	In this moment we don't have a clear picture of the situation but it could be one hour approx. We will send a high speed boat.
Spirit of Europe:	At what time will you be able to deploy the fast boat?
Salvamento Marítimo:	We estimate aprox one or one-point-five hours.

Spirit of Europe:	Is that one-point-five hours to get to this position or to deploy from the land station?
Salvamento Marítimo:	No to reach the position you are in this moment.
Spirit of Europe:	Okay Sir we will stay in this area and wait for the rescue team to reach us.
Salvamento Marítimo:	Okay please keep visual contact with the small boat. We will keep you informed about the developments of the – of the ETA of the rescue unit to the area.
Spirit of Europe:	Okay thank you very much. Standing by 27. We keep visual contact with the refugees in the boat.

Siobhan of Ireland | Maschinendeck

Oleksij Lewtschenko

Olek drückt den grünen Knopf. Mit einem Rülpser erwacht die *Siobhan* aus ihrem Mittagsschlaf.

»Komm schon, altes Mädchen.«

Noch ein Routineblick über die Instrumente.

Er vertraut seinem Gehör mehr als den Geräten. Der Kontrollraum ist klimatisiert. Kaum ist jedoch die Tür zum Maschinenraum offen, schlagen ihm Hitze und Lärm entgegen. Niemand hält sich dort länger auf als nötig. Olek schon. Er liebt den Geruch. Dieselöl. Sein Vater hat die Schiffsmotoren der Schwarzmeerflotte gewartet. Drüben auf der Krim.

Schwarzmeerflotte. Teil der russischen Seestreitkräfte, Hauptstützpunkt seit dem achtzehnten Jahrhundert: Sewastopol auf der Krim. Operiert im Schwarzen Meer und im Mittelmeer.

1990 geht Olek als Matrose zur Flotte. Sein Vater, stolzer hätte er nicht sein können, der alte Elektromaschinenbauer. 1992 Zusammenbruch der Sowjetunion, und plötzlich liegt die sowjetische Flotte in ukrainischem Gewässer. Fifty-fifty heißt es zuerst, aber Jelzin ist zu gierig, um sich damit zufriedenzugeben. Die Russen wollen die ganze Flotte haben. Also droht er uns mit einem Stopp der Gaszufuhr, und schwuppdiwupp sind daraus achtzig-zwanzig geworden. Kommt dir bekannt vor? Sag das bloß nicht laut. Aber denken. Denken wird man ja wohl noch dürfen.

Normalerweise genießt er die mörderische Hitze hier unten. Aber heute ist ihm nicht gut. Sein Kopf brummt.

Die Treppen. Kurzatmig.

Deck B. Crewmesse. Offiziersmesse.

Kein Hunger.

Deck C. Crewkabinen.

Deck D. Master Deck.

Raus. Frische Luft. Oleks Platz liegt nach hinten raus. Ein winziges Stück Schiff, vielleicht zwei mal zwei Meter, windgeschützt. Weiße Reling. Grüne Planken. Und eine blau gestrichene Bank. Blau war halt noch übrig.

Er setzt sich auf die Bank, zieht den Tabak raus und dreht sich eine. Horcht. Die Kolben tuckern gleichmäßig im Takt. Hat ein starkes Herz, die *Siobhan*.

Jetzt erst schaltet er seine Augen dazu. Steht wieder auf. Sieht über die Reling nach unten. Da hängt einer im Seil und malert. Sie nicken sich zu.

Olek hebt den Blick zum Horizont. Sie sind schon fast raus aus der Bucht, in der Ferne erhebt sich das Panorama der Stadt zwischen den Hügeln.

Cartagena. Spanischer Militärhafen. Geht auf den phönizischen Namen Karthago zurück. Hannibal. Später die Römer. Amphitheater. Müsste man sich auch mal angucken. Stattdessen wieder den halben Vormittag am Computer verplempert –

Ach, verdammt. Olek muss noch mal rein.

Treppe runter. Sein Quartier, Deck A, im Notfall muss er schnell bei seiner Maschine sein. Mattes Dämmerlicht, Container direkt vor dem Fenster. Wo ist das Handy.

Treppe rauf. Wie oft hat er sich schon gestoßen. Irgendwann aufgehört zu zählen. Sein Zweiter Ingenieur kommt ihm entgegen. Begabt, der Junge. Kann gut mit Motoren.

Lächelt. »Chief. Wie geht's?« Immer freundlich, die Filipinos.

Wieder raus. Kurzatmig. Was ist nur los heute. Muss am Wetter liegen. Da kommt was.

Er holt die Prepaidkarte raus und gibt den Code ins Handy ein. Die Karte hat ihm Dmitri vorhin aus der Stadt mitgebracht. Spanisches Funknetz. Das Seenetz ist zu langsam, um seine Bilder online zu stellen. Höchste Auflösung, alles vom Feinsten.

Seine Leidenschaften: Wikipedia. Facebook. Vesselfinder. Ship Spotting. Klar, die meisten Spotter sind arbeitslose Landratten, die nichts zu tun haben. Stehen da am Hafen mit ihren Teleobjektiven und halten drauf, wenn du ausläufst. Das sind die armen Schweine, die müssen nehmen, was kommt. Olek ist Elite-Spotter. Username: Cosmochief. Zweihundertdreiundvierzig Schiffe. Vom Supertanker bis zur Segeljacht. Hervorragende Ratings. Er klickt sich durch seine Fotobibliothek.

Da ist sein letztes Bild. Der libysche Frachter im Hafen von Algier, der liegt seit Monaten da. Nur noch gut fürs Abwracken. Den hat er voll im Profil genommen, der Rost leuchtet richtig schön im Abendlicht. Die Mannschaft muss kurz vor dem Verhungern sein, die warten wie die Osterlämmer, dass jemand kommt und sie auslöst. Die kapieren einfach nicht, dass ihr Land untergeht. Die schlachten sich gegenseitig ab.

Da werden wir auch landen, wenn es so weitergeht.

Nicht dran denken.

Und doch: Fotos in seinem Kopf.

Die Treppe von Odessa. *Panzerkreuzer Potemkin.* Russischer Titel: *Броненосец Потёмкин.* Weltberühmter Stummfilm von Sergei Eisenstein. Wurde am 21. Dezember 1925 im Moskauer Bolschoi-Theater als offizieller Jubiläumsfilm zur Feier der Revolution des Jahres 1905 uraufgeführt. Die Handlung lehnt sich frei an die tatsächlichen Ereignisse des russischen Revolutionsjahres an, Meuterei der Besatzung des russischen Kriegsschiffs *Knjas Potjomkin Tawritsche-ski* gegen die zaristischen Offiziere.

Das Mosaik am Katerynska-Platz, hoch oben unter bröckelndem Stuck. Katharina II., genannt Katharina die Große (russisch: Екатерина Великая), war ab 1762 Kaiserin von Russland. Einzige Herrscherin, der in der Geschichtsschreibung der Beiname »die Große« verliehen wurde. Repräsentantin des aufgeklärten Absolutismus. Gründerin der Stadt Odessa im Jahr 1794 als Militärhafen am Schwarzen Meer.

Als Junge spielt Olek oft vor dem Haus, sie wohnen gleich um die Ecke. Ein Seemann schlurft vorbei. Blickt hoch zu dem Mosaik. Ein schnelles Kreuz vor der Brust. Der Junge macht die Geste nach, sobald der Alte um die Ecke ist. Sie jagt ihm Schauer über den Rücken, diese Frau auf dem Mosaik. Heilige Jungfrau Maria, schütze die Heimat und die Lieben. Sie wirkt erschöpft. Und doch entschlossen. Sitzt da, inmitten von Trümmern und Panzerketten, die Trompete in der linken Hand, das Reichszepter in der rechten. Sie ist wie Odessa. Der Geist von Katharina der Großen. Mächtig und zerstörerisch. Aufreizend. Eine Stadt wie ein Rausch. Früher der sanfte, betörende Rausch des Opiums. Heute Schirka.

Schirka, aus Mohnstroh hergestelltes Ersatzheroin. Macht extrem abhängig. Beliebte Droge in der Ukraine nach dem Zusammenbruch der Sowjetunion. Schnelles High. Tiefer Absturz. Knallhartes Zeug. Odessa, heilige Katharina, du hast mich kaputtgemacht. Dieses ganze Hin und Her mit der Flotte. Welchem Vaterland diene ich überhaupt?

Noch einmal steht er vor dem Haus am Katerynska-Platz, jetzt einundzwanzig Jahre alt. Irina verlangt eine Entscheidung von ihm: sie oder das Schirka. Er steht unter der Kastanie, frierend. Wo früher die Bäckerei war, hat ein mexikanisches Café aufgemacht. Hinter ihm donnert ein aufgemotzter BMW vorbei. Die Reichen von Odessa leben gut in der neuen Zeit. Die Arbeitslosen, die Drogensüchtigen verrecken. Olek betet zu der Frau auf dem Mosaik, was anderes fällt ihm nicht mehr ein.

Sie ist die Beschützerin der Seeleute. Olek heuert an. Flüchtet sich in die warme Höhle eines Maschinenraums. Ausbildung zum Mechaniker. Drei Jahre später besucht er die Akademie.

Jedes Schiff katalogisiert er mit Namen und IMO-Code. Er lädt das Bild von letzter Nacht hoch, die *Spirit of Europe*, die aus dem Nebel auftaucht wie die *Titanic* vor dem Eisberg. Direkt unheimlich war das. Aber das Foto bringt ihm fünf Sterne, garantiert. Mist, verfluchter. Nun ist er wieder aus dem Netz geflogen. Wo ist die Küste? Sie sind jetzt auf dem offenen Meer, backbord die Raffinerie von Escombreras. Hat er letztens auf Wiki nachgelesen. Gigantisches Teil.

Er hält das Handy über die Reling. Bloß nicht fallen lassen. Na also, upload complete. Der malernde Kollege von unten winkt noch mal.

Olek steckt das Handy weg. Wirft einen letzten Blick über die Reling. Etwas war da gerade, im Augenwinkel. Plastik? Das ganze Meer ist voller Plastik. Laut *Science* landen im Jahr acht Millionen Tonnen davon in den Ozeanen. Mikroplastik und Zersetzungsprodukte sammeln sich in Meeresdriftströmungswirbeln. Mitte 2014 wurde gemeldet, Geologen hätten an der Küste der Insel Hawaii Gebilde aus geschmolzenen Kunststoffen, Vulkangestein, Korallenfragmenten und Sandkörnern entdeckt, die sie aufgrund ihrer Festigkeit als eine eigene Art Gestein bezeichnen, als Plastiglomerat. Die Welt ertrinkt in Plastik. Wer auf dem Meer fährt, sieht, dass sowieso bald alles vor die Hunde geht.

Olek läuft ein Stück mit in Richtung Heck. Ist das ein Stück von einem Boot? Läuft weiter. Kein Boot. Haare. Schwarze Haare in Zöpfen.

Er reißt die Arme hoch.

Dmitri, stopp! Stopp!

Schnell zurück. Außentreppe hoch zu Deck E. Die schwere Eisentür zur Brücke. »Ein Mensch!« Keuchen. »Dmitri, halt an!« Ein Toter. Oder eine Tote. Olek bekreuzigt sich. Schon wieder einer.

Der Erste ist gerade beim Container-Domino am Computer. Springt auf, Blick zum Captain, Griff nach dem Fernglas. Ein guter Junge, Sergei. Er stürzt nach draußen. Drinnen Olek und Dmitri, wie eingefroren. Keiner bewegt sich. Keiner sagt ein Wort.

Sergei kommt wieder rein. »Nichts zu sehen, Captain. Maschine stoppen?«

Dmitri ignoriert ihn, tritt näher und nimmt Olek bei den Schultern. »Chief!«

Olek atmet ein. »Dmitri, wir müssen stoppen!«

»Ruhig, Olek.« Dmitri lässt nicht los. Sieht ihn an. »Bist du sicher, dass er noch lebt? Olek? Bist du sicher?«

Noch lebt? Woher soll er das wissen? So kurz nur, ein Augenblick, schon vorüber. Olek schüttelt den Kopf. Nicht sicher.

»Weißt du, was das kostet, wenn wir die Maschine anhalten? Zurückfahren? Weißt du, was uns das kostet?« Dmitri schüttelt ihn, nur ganz leicht. Olek atmet aus. Dmitri lässt los, behält aber die Hände oben, für alle Fälle. »War noch jemand an Deck?«

Olek schüttelt den Kopf. Der malernde Filipino? Hat in die andere Richtung geguckt.

»Vielleicht hast du nur ein Stück Plastikplane gesehen? Olek?«

Dmitri sieht ihn an. Sergei sieht ihn an.

Olek nickt.

Bekreuzigt sich noch mal.

Erst der Tote in Oran. Und jetzt eine Wasserleiche.

Das zweite Omen.

Olek hat eine Gänsehaut.

Und Dmitri? Dmitri nimmt dem Ersten das Fernglas ab und sieht nach vorne raus. Die Container bilden ein Muster aus Rechtecken vor dem Meer.

Sergei setzt sich wieder an den Computer.

»Wird einen Sturm geben«, sagt Dmitri, stellt das Fernglas vorsichtig auf den Sims neben die Kaffeedose und geht nach hinten zum Tisch mit den Seekarten.

Olek rührt sich nicht. Dmitri kommt noch mal zurück. »Alles klar, Chief Engineer?« Er reicht ihm einen Umschlag. »Lenk dich ab. In Cartagena ist Post aus der Heimat für dich angekommen.«

Das Funkgerät knarrt. »Seenotrettung Cartagena. Seenotrettung Cartagena an *Spirit of Europe*. Hört ihr mich? Copy.«

Santa Florentina

Diego Martínez

Das Ringwadennetz zieht einen beinahe perfekten Kreis ins Wasser. Die runde Fläche hebt sich deutlich von der Umgebung ab, ihr Blau ist matter, träger als das kräftige Azur des übrigen Meeres. Kann eigentlich nicht sein, ein Fischernetz ist schließlich durchlässig. Dasselbe Wasser. Und doch. Es muss mit der Brechung des Lichts zu tun haben.

Diego drosselt den Motor genau in dem Augenblick, als der Kreis sich schließt. Im selben Moment legt sein Vater den Schalter um und beginnt das Netz einzuholen. Sie warten. Die Mittagshitze brennt. Diegos Blick tastet sich über die Küste, Cabo de Agua, dahinter die Bucht von El Gorguel. Endlose Sommernachmittage ist er da oben herumgekraxelt. Die restliche Familie unten am Strand beim Barbecue, Diego auf einem sonnigen Fleck zwischen den Felsen, mit einem Buch.

Kaum hat er die Seiten aufgeschlagen, kann er sie sehen: die britischen Fregatten *Minerve* und *Blanche*, unter dem Kommando des späteren Lord Nelson, im erbitterten See-gefecht gegen die spanischen Fregatten *San Sabina*, *Ceres*, *Perla* und *Matilda*. Die *San Sabina* ist bereits in die Hände der Engländer gefallen. Die Kanonen donnern. Rauch hängt über der Bucht von Cartagena. Da taucht aus dem Dunst eine Fregatte auf. In letzter Sekunde kommt Admiral Juan Contreras mit der *Numancia* zu Hilfe. Von Landseite donnern die Geschütze der Batterien von Cabo Tiñoso. Und das Blatt wendet sich ...

Dass Contreras 1799, als Nelson vor Cartagena lag, noch gar nicht geboren war und die gewaltigen Kanonen auf den Hügeln erst mehr als ein Jahrhundert später in Stellung gebracht wurden, ist dem kleinen Diego, der gemütlich zwischen den Felsen hockt, piepwurscht. »Krawumm!«, brüllt er und schmeißt einen Stein in Richtung Meer. »Hasta luego, Señor Nelson!«

Die Rolle, über die das Netz eingeholt wird, rastet mit einem Klacken ein. Noch lächelnd in Gedanken an die vielen Schlachten, die er als Junge gefochten hat, wendet sich Diego seinem Vater zu. Gemeinsam ziehen sie den Fang an Bord. Schillernde Makrelen zappeln am Boden der *Santa Florentina*. Viele sind es nicht. Sein Vater arbeitet schnell und konzentriert. Diego greift nach einem Fisch, doch der glitscht ihm durch die Finger. Er flucht leise. Die Handgriffe, die er als Junge gelernt hat, noch bevor er schreiben konnte, scheinen nach und nach aus seinem Gedächtnis gelöscht zu werden. Jäh überkommt ihn das Gefühl der Unwiederbringlichkeit.

Sein Vater hat steif und fest behauptet, es gäbe Makrelenschwärme am Cabo de Agua. Vielleicht war wirklich einer da, vor ein, zwei Tagen. Ein alter Fischer fühlt so was. Doch die großen Fangflotten verfügen über Hubschrauber, um die Schwärme ausfindig zu machen. Bis die Küstenfischer kommen, ist alles leer.

»Übernimmst du das Steuer?« Der Alte hievt die Kiste mit den Fischen in die Kajüte. Er flieht vor dem Anblick, der sich ihnen hinter der Isla de Escombreras bietet, selbst nach so vielen Jahren noch. Diego bleibt am Eingang stehen und lenkt die Pinne mit dem Fuß. So machen es die Fischer der Familie Martínez. Das ganze Sicherheitsgetue ist nichts für sie. Über sie wacht einzig die Virgen de la Caridad von Escombreras.

Diego kocht gerne. In einem Kochbuch über Fischgerichte hat er gelesen, dass die alten Römer eine Soße hatten, ähnlich dem heutigen Ketchup. Sie wurde aus fermentierten Makrelen gemacht und hieß Garum. Das beste Garum Sociorum wurde fern von Rom an den Außengrenzen des Reiches hergestellt, in einem kleinen Dorf nahe der Hafenstadt Cartagena. Die Makrele heißt auf lateinisch Scomber, und so nannten die Römer den Ort Escombreras. Das ist Diegos Lieblingsversion. Im Laufe der Jahrhunderte verlorengegangen. Und in diesem Kochbuch wieder aufgetaucht.

Auf Spanisch bedeutet Escombreras Schutthalde. Diego sieht unwillkürlich nach rechts. Die Insel ist von dieser Seite nun keine Insel mehr. Sie bildet den Abschluss des neuen Hafenbeckens. Wie mit dem Lineal gezogene Betonkais strecken sich dem Meer entgegen. Tag und Nacht be- und entladen die Tanker. Frachter werden mit schwarzem Abraum gefüllt, den sie Gott weiß wohin bringen. Das alte Dorf ist verschwunden bis auf die Ruine der Kirche, die trotzig zwischen kreisrunden Tanks aufragt. Vier Heilige schmückten einst das Gotteshaus zusammen mit der Virgen de la Caridad. Eine von ihnen die Santa Florentina, nach der sein Großvater dieses Boot benannte. An der Stelle des Plateaus, auf dem das Kreuz stand, ist eine bizarre Terrassenlandschaft entstanden, als hätte ein Monster riesige Quader aus dem Berg gebissen.

»Weiter da rüber«, brummt sein Vater von drinnen. Diego korrigiert den Kurs. Er fröstelt. Das Reich von Repsol, dem spanischen Ölmulti, ist ein Reich der Finsternis. Ewig hängt ein dunstiger Schleier über dem Tal. Die Gasfackel mit ihrem nervösen Flackern, die aufgeblähten Tanks, die giftigen Halden. Wie ein Geschwür, das sich über die Heimat seiner Familie ausgebreitet und sie zerstört hat. Wie das Geschwür, das seinen Vater immer dünner werden lässt. Es frisst ihn von innen auf. Wenn er seinen freien Tag hat, fährt Diego mit ihm raus. Wer weiß, wie lange noch.

Acht Tage und Nächte brannten die Tanks in jenem Sommer 1969. Der Wind trieb die Flammen immer weiter auf das Dorf zu. In der neunten Nacht gaben die Bewohner es auf. Nach zweitausend Jahren Fischerei wurden die Fischer zu Angestellten, die in ihren Booten Abraum und Baustoffe für die Firma transportierten. Die Firma zahlte gutes Geld, baute ihnen ein eigenes Viertel in Cartagena, Wohnungen mit Wasser und Strom. Repsol ist die Zukunft. Einige aus der zweiten Generation wie Diegos Vater versuchten es wieder mit der Fischerei, doch es war zu spät. Gab es je eine andere Zukunft, so ist sie mit dem Dorf gestorben. Tot und begraben.

Ihre letzte Reuse steht weit draußen vor der Cala Cortina. Die fest installierten Netze platzieren sie – Diegos Rufbereitschaft geschuldet – im Umkreis von dreißig Minuten Fahrt ab Cartagena. Eine Bedingung, die Familie Martínez gerne in Kauf nimmt, um nicht mehr von der Preisdrückerei der Fischfabriken abhängig zu sein. Diego hält auf die schwarze Fahne zu, die die Reuse markiert. Vielleicht haben sie wenigstens ein paar Langusten drin. Diegos jüngerer Bruder kellnert im Club Nautico, die brauchen immer welche. Sein Vater kommt aus der Kajüte. Kein Blick zurück in Richtung Escombreras. Er läuft behende über die schmalen Bretter nach vorn zum Bug. Diego lächelt. Der braucht so schnell keinen Rollator.

»Ho!«

Er reagiert sofort auf den leisen Ruf. Das Geräusch des Motors erstirbt. Die *Florentina* gleitet lautlos auf die Reuse zu. Etwas hat sich darin verfangen. Sein Vater hat es gleich gesehen. Kein Wort fällt zwischen ihnen, wozu auch.

Stille.

Wind.

Sie ziehen ihn gemeinsam hoch an Bord. Ein Blick, und Diego weiß, dass für den Jungen jede Hilfe zu spät kommt. Er ist im fünften Jahr angestellt bei der Seenotrettung in Cartagena. Wie viele Leichen hat er schon aus dem Wasser gezogen? Keine Ahnung. Er ist keiner, der das Unglück festhält, indem er mitzählt. Der erste Tote ist der schlimmste. Bei ihm waren es Franzosen, ein Paar auf Hochzeitsreise mit dem Kajak. Später gewöhnt man sich dran. Ist froh über jeden, den man lebend aus dem Wasser holt. Die Welt ist, wie sie ist. Wir stecken alle in der Krise, und der Job ist sicher. Je mehr Leute seine Hilfe brauchen, umso sicherer ist er.

So ist es doch.

Der Junge hier ist wahrscheinlich einer aus den pateras, den Schlauchbooten. Seit dem vorigen Jahr kommen sie hier oben rüber, weil Frontex die Küste von Gibraltar aus immer weiter nordwärts mit Drohnen und Radar bestückt. Und immer jünger werden sie. Diego sieht den Rücken seines Vaters, der sich über den toten Körper beugt.

Der Kloß im Hals schwillt ohne Vorwarnung, dann platzt etwas.

Staunend hört er sein eigenes Schluchzen. Laut und heftig prallt es an die zerklüfteten Felsen der Costa Blanca.

Küstenstraße bei Escombreras | Spanien

Zohra Hamadi

Zohra ist aufgekratzt. Sie hat es getan. Hat das Auto ihres Bruders genommen und ist damit nach Spanien gefahren. Fünfzehn Stunden bis Almería unter Umgehung von kostenpflichtigen Autobahnen, sagt der Routenplaner auf ihrem Smartphone. Ganz so schnell geht es nicht, sie ist seit fast vierundzwanzig Stunden unterwegs. Ein paar Stunden Schlaf zwischendurch. Zohra hat gedacht, sie würde noch länger brauchen. Vorher ist sie nie weiter gefahren als mit den Kindern bis zum Supermarkt. Einmal ein paar Kilometer Autobahn auf dem Weg von der Fähre in Oran nach Sidi Bel Abbes. Sie hat auch gedacht, ihr Rücken würde die Fahrt nicht mitmachen, so kurz nach der letzten Reha. Aber der Rücken hat durchgehalten. Vielleicht hat sich ihr Körper endlich an den Schmerz gewöhnt.

Ist doch nicht zu glauben. Gerade hat das Gericht entschieden, sie sei gesund genug, um in Algerien zu leben. Und nun fühlt sie sich tatsächlich besser. »Meinen Sie das ernst?«, hat Zohra die Richterin gefragt. »Ich soll mich in Algerien weiterbehandeln lassen? Nicht mal der Präsident lässt sich in Algerien behandeln.« Sie haben alle gelacht, die Leute im Gerichtssaal 305 des Bezirksgerichtes von Marseille Nord, Abteilung Aufenthaltsgenehmigung für Ausländer. Die Richterin hat richtig gegluckst. Danach hat sie verkündet, dass Zohra abgeschoben wird, wenn sie nicht innerhalb eines Monats eine Vollbeschäftigung nachweisen kann. Das war vor sechs Wochen. Natürlich hat sie keinen Job gefunden so schnell.

Sie fährt durch bräunliche Berge. Die plötzliche Kargheit der Umgebung dämpft ihre Stimmung. Unheimlich ist es hier, eine verlassene Mondlandschaft. Kein Gegenverkehr. Die fröhliche Urlaubshektik von La Mancha, nur ein paar Kilometer hinter ihr, ist wie weggewischt. Aus der braunen Erde ragen uralte gemauerte Schlote.

Die Stimme des Navis erscheint ihr überlaut. »Nehmen Sie im Kreisverkehr die zweite Abfahrt in Richtung Cartagena.«

Hinter der nächsten Kurve ein futuristisches Wirrwarr aus blanken Stahlrohren. Die Anlage schillert in Grün, Gelb und Rot, dazwischen spitze Pyramiden aus schwarzem Staub, der von Förderbändern rieselt. LKWs mit Planen über der Ladefläche fahren rein und raus. Einer schneidet sie und setzt sich direkt vor ihre Nase. Zohra steigt auf die Bremse.

Wo bin ich?

Gas. Runde Tanks. Rohre, jetzt auch beiderseits entlang der Straße. Eine Raffinerie, Erinnerungen an Algerien blitzen auf. Arzew. Oran. Entlang der Küste. Wo ist eigentlich das Meer?

Noch ein Kreisverkehr.

Mehr Rohre.

Ohne zu blinken biegt der LKW vor ihr scharf rechts ab und gibt den Blick frei. Das ganze Tal eine einzige Raffinerie. Bis runter zum Hafen laufen Bündel von Rohren, im Durchmesser beinah mannshoch. Arbeiter sitzen darauf am Straßenrand, sie tragen Overalls und Helme. Zigarettenpause. Fast gleichzeitig bemerkt sie den beißenden Gasgeruch.

Ihre Hände umklammern das Lenkrad, der ganze Körper

spannt sich an. Schneller fahren. Nur raus aus dem Gas. Schon ihre Mutter hatte Angst, wenn der Mann kam, um die Kartusche in der Küche auszuwechseln. Zohra, damals noch ein Mädchen, versteckte sich ganz hinten im verwilderten Garten, bei den Olivenbäumen.

Noch ein Kreisverkehr. Der Renault Espace schlittert um die Kurve. Sie muss langsamer fahren. Unter ihr zur Linken ein hoher Schornstein, aus dem eine gewaltige Flamme lodert. Das Feuer hüllt alles in eine Glocke aus Rauch und Dunst. Dahinter das Hafenbecken, Rechtecke aus Beton, an denen Tankschiffe liegen.

Auf welcher Seite des Meeres bin ich? Das hier könnte auch Algerien sein.

Ein Tunnel.

Zohra fährt hinein, zu dunkel für die Sonnenbrille. Ist ja nur kurz, da vorne wird es schon wieder hell. Sie wird langsamer. Hinter ihr hupt ein Laster. Die Lichter blenden sie im Rückspiegel. Gleich sitzt er ihr auf der Stoßstange. Und dann? Ohne Papiere? Der Besitzer des Autos nicht erreichbar?

Sie kommt aus dem Tunnel, sieht aus dem Augenwinkel einen Parkplatz und zieht nach links rüber. Der Laster hupt noch mal lange und donnert vorbei. Sie hält an, die Hände zittern.

Reiß dich zusammen, Zohra, es ist nicht mehr weit.

Jetzt erst entdeckt sie, dass unter ihr das Meer in eine kleine Bucht strömt. Sonnenschirme stehen dicht an dicht. Familien picknicken, Leute stehen im Wasser und unterhalten sich. Als wäre die Gasraffinerie vor dem Tunnel nur ein böser Traum, eine Illusion. Verschwenderisch lässt sie ihren Blick hinaus aufs Meer wandern. Dort schaukelt zwischen ein paar Stangen ein altes Fischerboot. Zwei Männer holen ihre Netze ein. Tranquillo, sagen die Spanier, wenn sie versucht, einen Kaffee zu bestellen. Alles tranquillo hier.

Vor zwei Tagen war Zohra auch noch tranquillo. Einsam, das schon, aber man kann ja träumen. Dann der Anruf von Karims Mutter. Sie versteht nicht, dass die Verlobte ihres Sohnes unbedingt in Frankreich leben muss statt bei ihrem zukünftigen Mann in Algerien. Dieser ständige Vorwurf in der Stimme. Meistens versteckt, diesmal offen. »Er ist wieder los.« Um bei dir zu sein. Hat sie nicht gesagt. Aber gedacht.

Dabei hat er Zohra versprochen zu warten. Bis sie einen Job hat, bis sie eine Aufenthaltserlaubnis hat, bis sie ihn endlich nachholen kann. »Dann heiraten wir, Liebster, inschallah.« Nur ist Karim kein Mann, der wartet. Er lässt sich von niemandem vorschreiben, was nötig ist. Nötig ist, bei seiner Verlobten zu sein, wenn sie allein in Frankreich herumsitzt. Sie zu beschützen. Sich einen Job zu besorgen. Endlich ein normales Leben zu haben: Wohnung, Auto, Arbeit, Kinder. Träume, wie sie alle haben im Viertel La Solidarité, Marseille, fünfzehntes Arrondissement. Am Wochenende an den Strand nach La Redonne. Die Kinder bauen Sandburgen, die Männer zeigen ihre Muskeln und die Frauen ihre Schönheit.

Leute aus Algerien wie Zohra. Wie ihr Bruder. Wie ihre Cousine. Alle nach Hause gefahren in den Sommerferien. Nur Zohra bleibt da. Wenn sie jetzt geht, kann sie nicht mehr zurück.

»Bleib da«, sagen ihre Eltern, »wir haben alles gegeben, damit du mit deinem Rücken nach Frankreich kommst.«

»Bleib da«, sagt Karim, »ich komme zu dir. Algerien hat keine Zukunft.«

Sie ist allein in Marseille. Die Hochhäuser wie ausgestorben. Aufstehen. Kaffee machen. Schlüssel zusammensuchen. Tag für Tag die gleiche Tour durch all die leeren Wohnungen. Post rausnehmen, Blumen gießen, lüften. Draußen die Hitze, die sie erschlägt, wenn sie zwischen den ausgestorbenen Häusern rumläuft. Sie vermisst die Kinder, zwei Neffen, eine Nichte. Mit denen verbringt sie sonst ihre Zeit, wenn der Bruder und seine Frau bei der Arbeit sind. Jetzt sind die Tage endlos.

»Almería«, sagt Karims Mutter. »Da wird er wieder bei Nacht an Land gehen. Er ruft dich an, sobald er da ist.«

Zohra will Karim überraschen. Deswegen hat sie die Schlüssel genommen und ist losgefahren. Karim entgegen. Vor der Dunkelheit wird er nicht ankommen. Noch knapp zwei Stunden Fahrt liegen vor ihr.

Fast geschafft. Keine Eile mehr.

Sie verspürt auf einmal unbändige Lust, sich zu den Leuten da unten an den Strand zu setzen. So zu tun, als würde sie dazugehören. So zu tun, als wäre dies La Redonne, und sie braucht nur runterzugehen. Da wartet schon die Familie.

Zohra öffnet die Tür, steigt vorsichtig aus. Erst ein Fuß, dann der andere. Sie richtet sich auf. Augenblicklich trifft sie der Schmerz wie ein Messer im Rücken. Sie versucht sich an die Atemtechnik zu erinnern, die ihr die Ärztin beigebracht hat.

Panik, hier allein in diesem fremden Land.

Einatmen. Ausatmen.

Merde, verdammt. Tränen schießen ihr in die Augen.

Weiterfahren geht nicht.

Atmen.

Instinktiv zieht es sie zu den Menschen. Die Skoliose zwingt sie, den Rücken zu krümmen wie eine alte Frau.

Langsam humpelt sie den Pfad entlang, der hinab in die Bucht führt. Einatmen. Ausatmen. Einatmen. Schritt für Schritt. Eine Ewigkeit. Endlich unten.

Das Meer plätschert träge an den Strand. Zwei blonde Kinder, die vollkommen identisch aussehen, hocken in den Wellen. Eines steht auf, kommt ihr entgegen und hält ihr eine Schaufel hin.

Zohras Handy klingelt.

Schlauchboot (o. N.)

Karim Yacine

Allah, warum tust du mir das an?

Warum?

Bisher hat er nie mit dem Schicksal gehadert. Hat auf Gott vertraut. Und nun, bei dieser Überfahrt, zerbricht dieses Vertrauen Stück für Stück wie eine Glasglocke, unter der er sein ganzes bisheriges Leben verbracht hat. Das Glas hält nicht mehr zusammen, es regnet in Tausenden winziger Splitter ins Meer und entblößt die unbarmherzige Sonne.

Er fühlt sich ausgeliefert.

Karim wischt sich über die Stirn.

Drehe ich jetzt durch?

Die Nacht wollte nicht enden, da draußen im Nebel. Karim hat schon lange keine Ahnung mehr, wo er hinfährt, er fährt einfach. Bis die Morgendämmerung aufleuchtet, irgendwo zu seiner Rechten. Er korrigiert den Kurs und sagt den anderen nichts. Das Benzin hat bis jetzt immer gereicht. Aber bis jetzt ist er auch immer auf dem direkten Weg geblieben. Irgendwann wird es hell. Abdelmjid verteilt Datteln zum Frühstück. Langsam verfliegt die Beklommenheit der Männer, nur der Cousin bleibt still und isst nichts. Wer wollte es ihm verdenken. Sein Bruder tot oder im Gefängnis. Was schlimmer ist, weiß keiner.

Fünfmal ist Karim gefahren, und noch nie hat er einen Mann verloren. Noch nie! Zweimal glatt durchgekommen, zweimal hat die Küstenwache sie zurück an Land gejagt, und einmal sind sie mit Motorschaden von der spanischen Seenotrettung rausgefischt worden. Damals haben sie gejubelt, als sie auf dem Rettungsboot saßen. Gefilmt hat er das, mit dem Handy, und später ins Netz gestellt. Die Videos der Haraga sind Kult in Algerien, die haben so viele Klicks und Likes, das ist wie eine Sucht, Mann.

Das Lachen aus dem Videoclip ist ihnen dann allerdings in Murcia vergangen.

Und genau da werden sie wieder landen. Wenn nicht …

Karim sieht hinüber zu dem Kreuzfahrtschiff. Wenn die nicht endlich ein paar Liter Benzin rausrücken. Sie an Bord nehmen. Irgendwas tun.

Abdelmjid winkt immer noch, seit mindestens zehn Minuten. Er hat sein rotes Halstuch abgenommen und schwenkt es hin und her wie ein Irrer. Die Stimmen der anderen dröhnen in seinen Ohren. Einer der beiden Jungs aus dem Viertel filmt die ganze Zeit mit seinem Handy. Noch ein Youtube-Clip.

»Die holen uns hier raus!«

»Wir fahren mit, Alter, zu cool, um wahr zu sein!«

»Huhuhu, Luxusliner, wir kommen!«

»Haltet die Klappe! Abdelmjid, verdammt, setz dich hin! Oder willst du uns umbringen?« Er muss es gesagt haben, denn plötzlich kehrt Ruhe ein. Abdelmjid setzt sich, winkt weiter, trotzig.

Karim muss nachdenken. Die haben angehalten. Schön. Und jetzt? Was haben die mit uns vor? Die machen keine Anstalten, uns Benzin zu geben. Die machen keine Anstalten, uns an Bord zu nehmen.

Die warten.

Wir warten.

Murcia, Abschiebeknast. Vor drei Jahren hat ihn der spanische Polizist nach ein paar Wochen aus der Zelle geholt und vor die Tür gestellt. Einfach so, mit nichts in der Tasche, kein Geld, kein Handy. »Du willst nach Europa? Da hast du es. Geh! Hau ab!« Vor Karim in den Staub gespuckt hat er, der Bulle. Und dann geflüstert: »Wenn du noch mal auftauchst, bleibst du hier, bis du verschimmelst. Dann kriegen wir dich wegen Menschenhandels dran.«

Also, was ist jetzt?

Nichts ist! Die bewachen uns hier, bis die Guardia Civil kommt. Zur Unterhaltung der Gaffer da oben.

»Hör sofort auf zu winken, Abdelmjid, oder ich schmeiße dich über Bord.«

Abdelmjid hört auf, endlich.

Sag deiner Zukunft auf Wiedersehen, Karim Yacine! Salam aleikum, Zohra. Salam aleikum unseren ungeborenen Kindern. Salam aleikum, Europa.

Wie spät ist es? Wie lange noch?

Karim sieht auf sein Telefon und stellt überrascht fest, dass es sich ins Funknetz des Kreuzfahrtschiffes eingeloggt hat. Er aktiviert das GPS.

Nicht mehr weit bis zur Küste. Cartagena. Nur ein paar Kilometer von da bis Murcia. Die Verzweiflung treibt ihm die Tränen in die Augen. Sein Finger findet den Weg über die Tastatur wie von selbst. Einmal noch ihre Stimme hören.

»Hallo?«

Sie klingt ganz nah.

»Vergiss mich, Liebste. Ich bin so gut wie tot.«

Spirit of Europe | Brücke

Léon Moret

Sie nennen ihn den Schleudersitz. Wenn ihnen nach Scherzen zumute ist. Léon ist momentan nicht danach. Der moderne, bandscheibenfreundliche Bürostuhl ist fest verschraubt, direkt vor der Panoramascheibe. Sein Bezug ist marineblau. Wenn nicht viel los ist auf See, darf der Junge mit dem Fernglas hier sitzen. Jetzt hockt Léon auf dem Schleudersitz. Vor ihm 180 Grad Blau. Meerblau bis Himmelblau. Unterteilt in Rechtecke, oben größere, unten schmalere. Auf den oberen Rechtecken in unregelmäßigen Abständen Scheibenwischer.

Ohne Logik.

So wie das Schlauchboot, das da draußen dümpelt.

Nicht schon wieder.

Kann doch nicht sein. Zweimal in drei Monaten. Wie viele von diesen verdammten Dingern schwimmen denn im Mittelmeer rum? Und gehen auch noch direkt vor seiner Nase kaputt?

Léon hat ein ungutes Gefühl, so ein Ziehen im Nacken, wie wenn man beim Chinesen im Chop Suey zu viel Glutamat erwischt hat. Dabei müsste er längst immun sein bei den ganzen Konservierungsstoffen, die sie hier ins Essen donnern. Hat ihm Rajiv von Food & Beverage letztens nach ein paar Bier gesteckt. Sonst würde alles verfaulen. Und Keime ansetzen. Rajiv schüttelt sich. »Und du weißt ja, Léon, mein Freund, was unser Cruise Director immer zum Besten gibt.« Rajiv steht auf, guckt in die imaginäre Kamera des Cruise TV und brüllt: »Es gibt nur ein Mittel gegen Krankheiten an Bord: Wash your hands, wash your hands, wash your hands!« Er fuchtelt herum wie ein Cheerleader. Léon hat gelacht, bis ihm die Tränen kamen.

Aber jetzt sitzt ihm dieses Gefühl im Nacken. Weil das Schlauchboot eine vage Erinnerung triggert. Wie das so ist mit Sachen, die man verbockt hat und die man nicht mehr rückgängig machen kann: Erst fließen sie wie flüssiges Metall durch dich durch, dann erkaltet der Stahl, und du spürst nur noch ab und zu einen Stich. Kleiner Piekser in deinem Inneren, stört nicht weiter. Was keine Konsequenzen hat, ist auch nicht passiert.

Schleudersitz. Niemand hat ihn ausgelöst.

Hinter ihm funkt der Kapitän abwechselnd mit Miami und mit der Küstenwache. Auf keinen Fall an Bord nehmen. Aha. Léon kann richtig hören, wie Kapitän Krüger die Ader schwillt. »Nein. Aber wir müssen doch nachsehen. Das ist Gesetz auf See.« Schiffbrüchigen Hilfe leisten. Irgendjemand hält ihm eine lange Rede, wahrscheinlich zum Thema Verantwortlichkeiten und Versicherungsbestimmungen. Schließlich reißt ihm der Geduldsfaden. Die verdammte Küstenwache kommt frühestens in einer Stunde. Er schickt jetzt ein Rettungsboot da raus. »Ist mir egal!«, brüllt er. »Hier führe immer noch ich das Kommando!«

Léon grinst. Total old school. Lässt sich seine Überzeugung nicht wegdiskutieren. Vielleicht hätte er dem Kapitän damals – nein, schon okay. Besser keinen Schlamm aufwühlen.

Gut, dass die da draußen so weit weg sind. Das andere Boot, im Juni, hing ihnen direkt am Bug. Und das mitten in der Nacht, die haben sich quasi vor die *Europe* geschmissen. Die wollten an Bord. Vielleicht hatten die nicht mal ein Leck. Wasser kann man auch so ins Boot kriegen. Léon hat den

Kapitän geweckt und sie haben entschieden, die Leute an Bord zu holen. Fast vierzig waren das, sogar Frauen dabei.

Nike hatte ganz schön zu tun. Endlich konnte er seine Notfallpläne mal umsetzen. Sonst ist ja nichts los hier. Die mussten alles zurücklassen bis auf das, was sie am Leib trugen. Keine Waffen. Keine Keime. Keine elektronischen Geräte, die man als Bomben verwenden könnte. Sie haben sie ins Conference Center gebracht und ein Buffet aufgebaut. Schönes Leben bis zum nächsten Hafen. Und abgeschlossen. Von außen.

Léon ist in der Nacht direkt von der Brücke auf eine Party gegangen. Einer der Osteuropäer hatte Geburtstag, und die feiern länger und wilder als alle anderen. Sie hatten sich schon das Schlauchboot besorgt, abgespritzt und Eis reingefüllt, um den Wodka zu kühlen. So krass sind die drauf. Der Fahrstuhl kam nicht, wie so oft. Die haben Sex da drinnen nachts. Oder was sonst. Also zu Fuß runter, den Flur verwechselt, sieht ja alles gleich aus hier. Auf alle Fälle steht er plötzlich vor dem Conference Center. Nikes Wache ist nicht da, vielleicht auf dem Klo. Und dann hört er, wie jemand von innen gegen die Tür wummert. »Ey, lasst uns raus! Wir wollen auch in die Disko!« Léon horcht. Klar, die hören das natürlich, ist ja direkt unter ihnen, das noch schönere Leben. »Ey, lasst uns raus! Nur eine Stunde.« In die Disko. Gerade aus dem Wasser gezogen, und was anderes haben die nicht im Kopf? Léon lacht. Ganz schön gechillt, die Jungs.

Dann wieder keine Erinnerung. Erst als die Tür schon offen ist. Zwei Typen. High Five.

»Okay, macht schnell.«

»Hey, cool, Mann.«

»Bevor wir anlegen, müsst ihr zurück sein.«

»Klar, Mann!« Siegerpose nach hinten.

»Aber nur ihr beiden.«

Sie sind dann zu dritt runter auf die Party. War ziemlich lustig. Der Nigerianer hatte es voll drauf. Der andere war Syrer, Iraker oder so. Bisschen deprimiert vom Krieg da unten, aber auf Balkan Beat kannst du gut vergessen. Da gehst du ab wie 'ne Rakete. Léon erinnert sich nicht mehr, wie er an dem Morgen ins Bett gekommen ist. So was passiert ihm echt selten.

Am nächsten Tag hatten er und Mado ausnahmsweise mal gleichzeitig frei und sind an Land, welcher Hafen war das noch? Malta vermutlich. Haben Seafood gegessen und sich ein Cabrio gemietet. Das ist Urlaub für uns, wenn wir mal nur zu zweit sind. Keine Leute, die irgendwas von einem wollen. Keine Uniform. Keine Verantwortung. Irgendeine Bucht, die keiner unserer Busse anfährt. Paradies ist das.

Als sie abends kurz vor dem Ablegen nach Valetta zurückkommen, sind die Flüchtlinge schon von der Grenzpolizei abgeholt worden. Nike ist fuchsteufelswild, weil einer seiner Leute sich verzählt hat. Der muss auch von Bord, fristlos. Große Aufregung, Rumgeschreie am Pier.

Léon hat gar nicht drüber nachgedacht, ob die beiden Ausreißer pünktlich zurück waren. Und es hat ihn auch nie jemand danach gefragt. Das Einzige, woran er sich noch vage erinnert, ist das Gerangel auf der Party. Der Nigerianer ist mit einem Rumänen aneinandergeraten. Hat auch ganz schön vom Leder gezogen, was er alles vorhat, wenn er erst mal in Europa ist. Jedenfalls schreit der Rumäne los: »Du hast ja keine Ahnung, du scheiß Nigger. Abgeschoben wirst du, und zwar postwendend!« Der Nigerianer will ihm darauf eine Kopfnuss verpassen. Irgendjemand ist dann dazwischen, und der DJ hat die Musik lauter gedreht.

Spirit of Europe | Deck 12

Lalita Masarangi

Den Geräuschen aus der Kabine nach zu urteilen, kann es noch eine ganze Weile dauern. Lalita steht vor dem Spiegel in der Behindertentoilette. Die alte Frau hat sie abgefangen, da kann man nichts machen.

Jo muss warten.

Jo.

Sie lehnt sich über das Waschbecken und betrachtet ihr Gesicht. Über die Gurkhas wird gesagt, ihre Gesichter spiegelten keinerlei Emotionen. Sie seien hundert Prozent total furchtlos. Bist du furchtlos, Lalita? Wirst du ertragen, was du siehst, wenn du Jo zu fassen kriegst?

Etwas stimmt nicht. Ganz und gar nicht.

Diesmal wirst du der Gefahr ins Auge sehen, Lalita Masarangi. Du wirst nicht wieder abhauen. Du hast keine Furcht. Du bist eine Gurkha.

Damals – alles zu viel war ihr das, Mensch! Bruder und Freund am selben Tag verloren, Abschied per SMS: »We are sorry, Anu.« Der Kosename vom großen Bruder, weil sie als Kind dauernd mit Annapuma redete. Der Vater bleich und stumm vor Wut. Die Trauer hinter dem ewigen Lächeln ihrer Mutter. Das Schicksal wollte es, dass sie am gleichen Tag die alte Zeitung findet, im Bus auf dem Weg zur Schule in Aldershot. Nur eine Stunde entfernt von London und den zwei Jungen, die ihr Herz gebrochen haben. Neun Stunden und eine ganze Welt entfernt von Annapuma, ihrem Berg.

Sie hat sich für Annapuma entschieden. Der Berg ist geheime Freundin, Vertraute, Verbündete für das Mädchen aus Pokhara. Nichts auf der Welt ist so mächtig wie der Himalaya. Du musst die Augen niederschlagen, wenn Annapuma im Sonnenlicht erstrahlt, so hell, so unerträglich hell. Mächtige Kriegerin, wacht über das Tal.

Sie hat ihrem Daddy den Flug nach Nepal abgeluchst. Zurück bei den Großeltern in Pokhara, nach sechs Jahren in Aldershot. »Du hast dich verändert, Mädchen.« Sie wissen nicht, dass der Bruder schwul ist. Nur gute Nachrichten werden übermittelt. Der Sohn, ihr Vater, nach fünfzehn Jahren Dienst in der britischen Armee stolzer Besitzer einer eigenen Firma in England: Annapuma Security Services Limited. Er hat richtig entschieden, der Sohn, als die Maoisten 2004 die Hauptstadt eingenommen haben. »Kindchen, Kindchen, unsichere Zeiten sind das. Der König abgedankt, die Maoisten im Parlament.«

Stundenlang erzählt sie den Großeltern von Aldershot.

Von den pensionierten Gurkhas, die jetzt täglich ankommen, nachdem sie endlich das Aufenthaltsrecht für sich und ihre Familien bekommen haben. Von der berühmten Schauspielerin, die sich für das Recht der Elitesoldaten einsetzt, in dem Land zu leben, dem sie gedient haben. Und von Leuten, ihren Nachbarn, die sich erst leise hinter ihrem Rücken und dann immer lauter über den Niedergang der Stadt beschweren.

Was sie nicht erzählt: Wie peinlich die alten Nepalesen, die in der Stadt herumirren. Wie peinlich, dazuzugehören. Wie peinlich, wenn in Gesellschaftskunde extra noch mal darauf hingewiesen wird, wie tapfer die Gurkha Rifles für Großbritannien gekämpft haben.

Noch ein Grund, warum sie wegwollte.

Die Zeitung hat sie mitgebracht. »The Girls Who Are Fighting To Become Gurkhas«. Sogar der Trainer wird genannt, der in Kathmandu Mädchen auf die Aufnahmeprüfung vorbereitet. Was willst du eigentlich beweisen?, fragt sie sich. Dass du besser bist als die Vorfahren? Zwei Monate wartet sie geduldig in Pokhara, bis die Familie ihr erlaubt, sich auf dem College in Kathmandu für Grafikdesign einzuschreiben.

Statt zeichnen zu lernen, trainiert sie. Wie ein Tier. Die Anforderungen: vierzehn Klimmzüge und fünfundsiebzig Liegestütze die Minute, siebzig Sit-ups in zwei Minuten, drei Meilen bergauf im Hochgebirge mit fünfundzwanzig Kilogramm auf dem Rücken. Perfekte Augen und Ohren hat sie sowieso. Gurkha Girl.

Starke Mädels hat sie getroffen, da im Fitnessstudio. Maoistische Ex-Guerilleras und Töchter aus Mittelklassefamilien wie sie selbst. Viele Stunden haben sie gequatscht. Haben die Wahrheiten, mit denen man sie großgezogen hat, mal durchdiskutiert. Was, wenn die Briten den Nepalis Hunderte von Jahren bloß weisgemacht hätten, sie seien eine Rasse von Kriegern, damit sie billige Soldaten abgeben? Ist es eigentlich okay von der Regierung, die Jugend zu exportieren, statt sie ordentlich auszubilden? Auf der anderen Seite für viele die einzige Chance auf gutes Geld. Auch Maoistinnen müssen überleben. Und über allem die Frage:

Werden sie es akzeptieren?

Werden die Gurkhas Frauen in ihre Regimenter aufnehmen?

Lalita besteht nach einem knappen Jahr Training die Prüfung. Als erste Frau. Wow.

Die Gurkha Rifles verweigern ihr dennoch die Aufnahme

mit dem Argument, dass Frauen die Einheit der Truppe gefährden. Ihre eigenen Leute.

Sie könne sich gerne als Soldatin der regulären britischen Truppen bewerben, sagt der nette weiße Colonel im Büro der British Army. Aber da ist sie längst abgekühlt. Scheiß drauf! Als britisches Kanonenfutter nach Afghanistan?

Nicht mit mir.

Zurück in Aldershot, hat ihr Daddy sie ins Gurkha Villa eingeladen, wo es unschlagbar gute Momos gibt, nepalesische Ravioli mit viel Chili. Er hat ihr einen Kukri-Dolch überreicht und ihr einen Job in seiner Firma angeboten. Not too bad.

»Ma'am, geht es Ihnen gut?« Die alte Frau ist immer noch in der Kabine. Es rumpelt. Hoffentlich kommt die heil wieder in ihren Rollstuhl. Lalita schaudert bei dem Gedanken, da rein zu müssen. Krankenschwester spielen ist nicht ihr Ding. »Soll ich jemandem Bescheid sagen?«

»Auf keinen Fall! Meine Schwester ist beim Bingo.« Wenigstens entriegelt sie jetzt die Tür von innen. Lalita wirft einen letzten Blick in den Spiegel. Schnell raus mit der Frau, und dann weitersuchen.

Im Casino.

Jo, was wolltest du dort?

»Sie sind schön, mein Kind.« Plötzlich ist sie bei ihr, ganz leise angerollert.

Lalita sieht im Spiegel das Gesicht der Frau, schief und verdreht sitzt der Kopf auf dem Hals. Aber die Augen schielen zu ihr herauf, voll scharf und jung irgendwie. Sie fühlt, wie ihr das Blut in die Wangen schießt.

»Kein Grund, sich zu schämen.« Die magere Hand greift um ihren Unterarm. »Könnten Sie bitte mal Ihre Muskeln anspannen?«

Was wird das denn? Na ja, sie macht es. Plötzlich packt die Hand zu. Die alte Frau zieht sich hoch und steht auf einmal neben ihr. »Meine Frisur ist ja eine Katastrophe.« Mit der freien Hand fährt sie sich durch die Haare.

Lalita sieht zu. Die Leinenhose sitzt auch schief. »Darf ich?« Vorsichtig legt sie die Hand der Frau auf den Rand des Waschbeckens, damit die sich abstützen kann. Dann greift sie mit beiden Händen nach dem Hosenbund und zieht. »So ist es besser.«

Ihre Blicke treffen sich im Spiegel und sie lächeln, beide. »Ich heiße Frau Malinowski. Und Sie sind Fräulein Masarangi.« So steht es auf dem Schild, das Lalita trägt wie alle Mitglieder der Crew. Die Frau nickt und murmelt vor sich hin. »… Namen so ähnlich«, meint Lalita zu hören.

Sie beugt sich hinunter, um die leise Stimme besser zu verstehen. Frau Malinowski raschelt eher, als dass sie spricht.

»Und nun sagen Sie mir doch, Fräulein Masarangi, was Sie bedrückt.« Lalita erschrickt. »Ich beobachte Sie ja schon eine Weile, erst draußen auf Deck, und eben habe ich Sie ein paarmal seufzen hören.«

Kurze Zeit später schiebt Lalita Frau Malinowski wieder nach draußen. Sie möchte nicht zurück auf die Liege im Suitenbereich. Sie hat es satt, wie auf dem Präsentierteller dazuliegen und mitleidige Blicke zu ernten.

Das Flüchtlingsboot nimmt sie zur Kenntnis. »Ich war auch ein Flüchtling. Ich weiß, wie sich das anfühlt.« Herumzustehen und zu gaffen findet sie widerlich. »Es nimmt den Menschen ihre Würde, nicht wahr, Lalita? Darf ich Sie Lalita nennen?« Lalita nickt und schiebt den Rollstuhl weiter. »Wann werden wir sie an Bord nehmen? Die Männer dort draußen?« Sie kann die leise Stimme kaum verstehen.

»Ich weiß es nicht, Ma'am.«

Auf der anderen Seite gibt es massenhaft leere Liegen. Im Halbschatten hinter dem Fitnessbereich hilft sie Frau Malinowski, sich hinzulegen.

Die blinzelt sie aus müden Augen an. »Suchen Sie Ihren Freund, alles andere kann warten. Und wenn Sie ihn gefunden haben, lassen Sie ihn nicht mehr los.«

Lalita nimmt die zerbrechliche Hand und drückt sie an ihr Herz.

Alles andere kann warten.

Casino.

Spirit of Europe | Fahrstuhl (Aussichts-Lift)

Nikhil Mehta

Lalita Masarangi hat er im Casino abgefischt. In der Dienstzeit ihrem Liebhaber nachlaufen, so weit kommt es noch. Nike macht sich eine innere Notiz. Über Annapurna Security Services mit Miami reden. Agenturen für ehemalige Gurkha-Soldaten schießen wie Pilze aus dem Boden. Die britische Armee verkleinert die Einheiten. Aber so viele Elitesoldaten können die doch gar nicht entlassen, wie gerade den Sicherheitsmarkt überschwemmen.

Der Fahrstuhl fährt erst mal runter, dann wieder rauf. Hält noch mal auf dem Promenadendeck.

Innere Notiz: Programmierung überprüfen.

Nike beobachtet Second Security Officer Masarangi, die trübselig durch die Scheibe zur Bühne auf der Promenade starrt. Nicht schwer zu erraten, woran sie gerade denkt.

Eine Familie steigt zu, Eltern und Kinder gleichermaßen übergewichtig und mit schlechten Manieren. Der Uhrzeit nach haben die zwischen Lunch und Kuchen noch eine Zwischenmahlzeit im Café Royal eingelegt. Sich überfressen ist auf Kreuzfahrten die häufigste Ursache für Herzinfarkt und Kreislaufkollaps. Noch vor Sonnenstich und Alkoholvergiftung. Die Kinder schreien sich an, Nike tippt auf Holländer oder Belgier. Dem Vater ist Ketchup aufs Hemd getropft, der Junge hat ein Stück Pizza in der Hand. Er geht vor zur Glasscheibe, glotzt hindurch und lässt es fallen. Nike sagt nichts, das ist No Go, doch die

Mutter erhascht seinen Blick und bückt sich ächzend, um die Essensreste ihres Sprösslings aufzuheben. Auf Deck 8 steigen sie aus.

Masarangi stiert auf den Teppich, auf dem heute »Freitag« steht. Die Leute vergessen alles hier, sogar welcher Tag ist.

»Officer!«, bellt Nike. Ihr Blick schießt hoch. Gute Reflexe. »Beweisen Sie mir, dass Sie Ihr Geld wert sind. Ich brauche jetzt Ihre volle Aufmerksamkeit. Ich will, dass Sie mit rausgehen.« Er sieht den Widerspruch in ihrem Gesicht aufflackern.

Ein, zwei Frauen braucht er in seinem Team. An jedem Hafen wird kontrolliert, rein und raus. Der Sea Pass, der an Bord Kreditkarte und Zimmerschlüssel ersetzt, wird eingelesen. Alle Taschen wandern durch das X-Ray, eingeschmuggelte Alkoholika werden in der Regel beschlagnahmt. Kann man sich am Ende der Reise wieder abholen. Routinemäßig wird eine Leibesvisitation vorgenommen, wenn der Metallbügel anschlägt. Ohne weibliches Personal geht es nicht.

Nike arbeitet am liebsten mit Israelis, Männern wie Frauen. Die sind hart, kampferprobt und bekommen Gehorsam mit der Muttermilch eingetrichtert. Jung und durchtrainiert. Bei denen geht es schließlich um alles oder nichts. Sie oder die Araber. Er muss zugeben, dass ihn die Enkel der Überlebenden von Auschwitz faszinieren. Kann man doch ruhig laut sagen. In Indien ist Hitler ein beliebter Vorname. *Mein Kampf* wurde gerade in einer edlen Neuausgabe gedruckt. Steht bei ihm zu Hause im Regal, für alle sichtbar. Was denn?

Vor ein paar Jahren war er mit seinem Bruder auf Deutschlandtour. Start in Herzogenaurach, um Puma und adidas zu besuchen, an erster Stelle kommt das Geschäft. Beeindruckend, wie in diesem malerischen Ort aus gesunder Konkurrenz zwei Weltkonzerne entstanden sind. Daran könnten sich die Inder mal ein Beispiel nehmen. Mit dem Schiff den Rhein hoch, und zum Abschluss ein kurzer Abstecher nach Berlin. Geschichtsträchtiger Boden. Da sieht man gleich, wo das herkommt, diese deutsche Zielstrebigkeit. Was die sich vornehmen, ziehen sie durch. Nur, findet Nike, der seitdem adidas trägt, sie haben sich damals die falschen Leute vorgeknöpft. Das ist ja wohl nicht mehr zu leugnen. Und wie gesagt, mit Israelis arbeitet er am liebsten. Das Team, mit dem er wirklich gut klarkam, wurde zurückbeordert. Von einem Tag auf den anderen. Die legen gerade Gaza in Schutt und Asche.

Miami hat daraus Konsequenzen gezogen. Ein internes Firmenpapier wurde erstellt, die Analytiker haben eine Menge Daten ausgewertet und sind zu dem Schluss gekommen, es gibt an Bord eines Cruise Liners ein ideales Sicherheitsteam. Ideal im Sinne der Kosteneffektivität und im psychologischen Profil: an der Spitze ein Inder mit Erfahrung in der Marine, Polizei oder Hotel-Security, im Mittelfeld ein paar Gurkhas mit Fronterfahrung, falls es wirklich mal brenzlig wird, und auf der bottom line für die Patrouillengänge Burmesen, die sich nicht zu schade sind, Deckarbeiten zu erledigen. Die Frauen gibt's von den jeweiligen Agenturen dazu, diese hier von Annapuma, im Dreierpack mit den beiden Ex-Soldaten, die keine Fragen stellen und ihm, dem Jüngeren, ohne Zögern gehorchen.

Klar, die Männer hätte er lieber um sich bei dem, was vor ihm liegt. Aber jetzt braucht er Leute, von denen er unbedingten Gehorsam verlangen kann.

Deck 10. Nike drückt den Knopf, der verhindert, dass die Türen sich öffnen. Draußen stehen ein paar Kinder in Badekleidung. Müssen jetzt mal warten.

»Masarangi.« Frage in ihrem Blick. Angst. Das ist gut, da will er sie haben. Er zwingt sich, leise zu sprechen, beinahe zärtlich. »Ich habe vor Ihrem Dienstantritt mit Ihrem Boss gesprochen.«

Sie kann den Schrecken nicht verbergen. »Dad?«

»Aha, dachte ich mir doch, dass der Boss Ihr Vater ist.«

Gut so, lobt sich Nike, mach weiter so. Eine Andeutung nur, der Vater würde sicher nicht gerne hören, dass die Tochter sich mit einem – well, einem Nigger abgibt. Ist es nicht so?

Aber keine Sorge, Mädchen. Nike wird dir helfen. Er hilft dir, diesen Sänger zu finden. Nur nicht jetzt!

Jetzt haben wir einen Notfall und der hat Priorität. »Verstanden, Masarangi?«

Sie nickt. »Yes, Sir.«

Na also. Geht doch. Nike schenkt den Kindern vor der Glastür sein Offizierslächeln und drückt den Knopf.

Fehlt nur noch der Franzose.

Nike treibt das Mädchen mit langen Schritten vor sich her durch die Gänge, an den Offizierskabinen vorbei. Er gibt den Zahlencode ein. Die Tür zur Brücke öffnet sich. Er nickt dem Gurkha zu, der hier Wache schiebt, und deutet nach rechts. Masarangi verschwindet sofort in der blauen Sitzlandschaft. Auf dem Kaffeetisch steht noch das Obstsortiment unter Plastikfolie. Der Alte fängt ihn ab. Er hat es offenbar eilig. »Los, los jetzt, Mehta. Wir müssen da raus und nachsehen, wie es den Leuten geht. Frauen, Kinder, Schwangere, Verletzte?« Miami macht ihm Druck, wann geht es endlich weiter, die Kosten für den Treibstoff. Die spanische Küstenwache hält ihn hin. Kriegen den Arsch nicht hoch.

Das Funkgerät piept. Der Kapitän muss ran.

Nike weiß, was zu tun ist. Wo ist denn der Franzose? Ach

da hinten, im Schleudersitz. »Officer Moret!« Den kann er nicht rumkommandieren, der steht über ihm in der chain of command. Andererseits – ist dies eine Bedrohungslage? Unklar.

»Könnten Sie mal bitte?«

Er kommt. Nike verzieht sich mit ihm zu Masarangi. Seine Befehle sind knapp. »Wir drei fahren jetzt raus zu dem Schlauchboot.« Masarangi und er selbst werden bewaffnet sein, für alle Fälle. Moret spricht Französisch, er wird mit den Leuten kommunizieren, wenn sie kein Englisch können. Mit ihnen an Bord des Rettungsbootes: fünf Kanister Trinkwasser, Erste-Hilfe-Set, Decken. Und ein Verletzter, der dringend ins Krankenhaus muss. Er knallt den syrischen Pass auf den Tisch.

Nike ignoriert Masarangi, die wird nicht mucken. Er wendet sich Moret zu und beugt sich vor, bis nur noch wenige Zentimeter ihre Gesichter voneinander trennen. »Officer, wir haben Illegale an Bord.« Seit drei Monaten bereits. »Officer, wir beide wissen auch, warum wir Illegale an Bord haben. Meine Leute haben sie damals am Seetag zwischen Malta und Barcelona am Frühstücksbuffet aufgegriffen. Die hatten Hunger.« Ja, da guckst du, Frischling! Nike lässt sich nicht so einfach hinters Licht führen. »Sie konnten sich an Ihre unvergesslich grünen Augen erinnern, Officer.«

Er lehnt sich zurück und beobachtet genüsslich, wie der Mann einknickt. Beim Training, wenn dein Körper dir gehorcht wie eine Maschine und der Typ auf der Bank neben dir keuchend aufgibt, dasselbe Gefühl. Nike hat seine Gesichtsmuskeln voll unter Kontrolle. Er lauscht auf das Jubeln in seinem Inneren.

Dieser arrogante junge Schnösel, dieser coq au vin, war schon lange fällig.

Hafen von Cartagena | Spanien

Diego Martínez

Das Licht hat die schneidende Klarheit wie immer, wenn ein Sturm naht. Wie große, dunkle Vögel hocken die alten Männer inmitten des gewaltigen Haufens ihrer Netze. Geduldig lassen sie das bunte Gewebe durch ihre Hände gleiten. Keiner sieht auf. Keiner spricht ein Wort. Über ihnen kreisen Möwen, argwöhnisch beobachten sie die menschliche Konkurrenz. Ihr Geschrei erfüllt die Luft. Es riecht nach Diesel und nach dem abgestandenen Fett aus der Küche des Club Nautico.

Diego atmet den seit der Kindheit vertrauten Geruch tief ein, als wolle er sich wappnen für das Unangenehme, das ihm bevorsteht. Erinnert sich: Sonntags, wenn es eine gute Woche war, ging die ganze Familie Martínez in den Club. Die Frauen mit glänzendem Haar, in ihren besten Kleidern, die Männer in Anzügen, die immer knapper saßen, je älter sie wurden. Jemand hatte eine Gitarre dabei. Sie aßen frittierte Meeresfrüchte, sie sangen, die Kinder spielten, und wenn eines ins Hafenbecken fiel, zog einer der jungen Männer das Hemd aus, zeigte seine Muskeln und sprang hinterher. Heute sitzen im Club fast nur noch Jachtbesitzer. Sie loben das einfache, gute Essen und die authentische Stimmung, erzählt Diegos Bruder. Die Fischer rümpfen die Nase. Längst nicht mehr so gut wie früher. Und viel zu teuer für unsereins.

Er setzt sich zögernd in Bewegung. Sein Vater hat darauf bestanden, alleine die Netze durchzusehen. Wollte sich nicht nach Hause fahren lassen. Jede Woche zögert er den Moment hinaus, an dem sie ins Auto steigen. Hier ist sein Leben. Zu Hause in seiner Wohnung ist er nur ein alter Mann, der allen im Wege steht. So dünn ist er. Niemand würde vermuten, dass sie Vater und Sohn sind. Manchmal überkommt Diego der Wunsch, seinen Vater auf den Arm zu nehmen, ihm zu beweisen, wie stark er geworden ist. Stattdessen hebt er die Hand. Der Vater sieht auf, als hätte er etwas gehört, und nickt.

Diego verlässt, jetzt zügig, den Fischereihafen durch die hölzerne Pforte. Weiter rechts endet die Hafenstraße an einem hohen Eisengitter. Er klingelt. Sucht den Blick der Überwachungskamera am Gitter, die sich ihm zuwendet. Das Tor gleitet langsam zur Seite, nicht ohne ein leises Rattern. Er tritt ein, grüßt in die zweite Kamera, die auf einem Mast angebracht ist. Im Gegensatz zum Fischereihafen hat dieses Hafenbecken, Darsena de Talleres – Werkstatthafen – genannt, nichts Malerisches. Die Atmosphäre ist – nun, wie soll er es ausdrücken: eher dienstlich. Offiziell wäre das falsche Wort, dazu ist zu wenig Betrieb. Seenotrettung und Guardia Civil teilen sich die Büros im ersten Stock des Ziegelbaus an der Längsseite des Beckens. Im Erdgeschoss haben sie ihre Werkstätten. Und ganz hinten, am Ende der Mole, die halbrunde Fensterfront mit Blick über den Hafen. Die Kommandobrücke des *Salvamento Marítimo* von Cartagena. Monitore, Radar, Funk. In der Zentrale da oben laufen die Neuigkeiten zusammen, die wissen buchstäblich alles über jedes Schiff im Hafen. Bleiche Informationsfresser, süchtig nach Details. Wie viele Tausend Passagiere hat das Kreuzfahrtschiff, das morgen einläuft. Wie viele Tonnen Mais für die Ukraine lädt der deutsche Frachter hinten am Kai von Santa Lucía. Welchem Oligarchen gehört die Superjacht, die gestern festgemacht hat.

Er geht nicht wie sonst geradeaus zu der Halle, wo sie sich umziehen und auf den nächsten Einsatz warten. Die *Salvamar Rosa* liegt an ihrer Mole direkt davor. Wie so oft kommt es ihm vor, als würde sie ihn begrüßen. Ein kurzes Zittern, das ihren grell orangefarbenen Rumpf durchläuft. Sicher nur Einbildung, aber man gewöhnt sich daran. Würde sie eines Tages wiehern wie ein Pferd, Diego würde sich kaum wundern. Doch heute muss sie sich noch gedulden, bevor er ihr seine Aufwartung machen kann. Stattdessen wendet er sich nach rechts, wo die Schnellboote der Guardia Civil liegen. Eines kommt gerade rein, an Bord sind Jugendliche und machen Selfies. Anscheinend hat der neue Chef der Dienststelle mit seinen Kindern eine Spritztour unternommen. Jedenfalls steht er selbst am Steuer, in Uniform, mit gestriegeltem Schnurrbart und Sonnenbrille. Breitbeinig, stolz geschwellte Brust.

Diego geht weiter. Was für ein Angeber. Niemals käme dem in den Sinn, dass er Regierungsgelder veruntreut, wenn er im Polizeischnellboot Privatfahrten unternimmt. Leuten wie ihm hat Spanien die Krise zu verdanken. Aber ausbaden müssen es immer die anderen. Diego trägt lieber T-Shirts mit Motiven aus alten Sci-Fi-Filmen als eng anliegende Hemden. Lieber Vollbart als Schnauzer. In seiner Freizeit spielt er Playstation, FIFA und GTA, warum auch nicht. Machen doch alle. Von der Arbeit hat er ordentliche Muskeln, doch die verstecken sich unter seiner Freude am guten Essen.

Sonntags kocht seine Mutter, an Wochentagen kocht er selbst. Er experimentiert gern. Nicht dass er noch bei seinen

Eltern und seinem Bruder leben könnte. Diese enge Wohnung, vollgestopft mit Erinnerungen an Escombreras. Eine Mischung aus Museum und Kindergarten. Seine Schwester bringt jeden Tag den Enkel vorbei, bevor sie in den Carrefour-Supermarkt weiterzieht, wo sie an der Kasse sitzt. Der kleine Diego ist hyperaktiv, beansprucht seine Großeltern bis zum Anschlag.

Alle ersten Söhne in der Familie heißen Diego. Sein Vater auch. Sollte er eines Tages einen Sohn haben, hieße er auch Diego. So ist das nun mal bei uns. Bei den Fischern von Escombreras. Den Stadtteil in Cartagena, den ihnen die Firma gebaut hat, nennen sie stoisch Escombreras. Als könnte er das ursprüngliche Dorf ersetzen. Als könnte ihre Sturheit verhindern, dass das Dorf in Vergessenheit gerät. Die Leute aus der Stadt dagegen nennen ihr Viertel das Barrio Repsol. Wer bezahlt, an den erinnert man sich.

Diego war eine ganze Weile weg, fuhr als Koch auf den Frachtern. Die Jüngeren gehen alle, ziehen in die Fremde, um zu arbeiten. Aber sobald sie können, kehren sie zurück. Sie kaufen die Wohnungen, in denen die Alten gestorben sind. Diego übernahm die Wohnung seiner Großeltern, als er bei der Seenotrettung anfing. Sie wollen ihr Viertel nicht verlieren. An die Neuen. Die Afrikaner. Die Araber.

Er läuft weiter, die Mole entlang, sein Handy vibriert. Er geht sofort ran, es ist die Zentrale oben. Was der wohl will. Seine eigene Schicht geht über vierzehn Tage und fängt ab Montag wieder an. Acht Stunden pro Tag machen sie Wartungsarbeiten an der *Rosa* und halten sie bei Laune, damit sie jederzeit losdonnern kann wie ein Rennpferd. Die übrigen sechzehn Stunden hat er Bereitschaft, das bedeutet, neben dem Telefon zu schlafen, immer das Auto dabeizuhaben, niemals die Mutter in den Supermarkt zu fahren ohne Plan B, wie sie allein mit den ganzen Einkäufen zurückkommt.

Heute hat er frei. Ja doch, das wissen sie oben, was wissen sie nicht? Ob er einspringen kann. Der Kollege sitzt beim Zahnarzt, Wurzelentzündung. Zwölf Meilen vor der Küste hängt der Cruise Liner fest und macht ihnen die Hölle heiß wegen eines pateras. Die wollen weiter, Mann. Kannst du los?

Diego antwortet, bedächtig, das ist seine Art. »Wir haben beim Fischen einen Toten gefunden.«

Ja doch, wissen sie oben längst.

Er muss noch zum Roten Kreuz, da warten sie schon, der Arzt, die Guardia Civil. Er muss das Protokoll unterschreiben.

»Ja doch, mein Freund. Aber danach? Kannst du los? Kommst du rüber, Mann? Der patrón sitzt schon in den Startlöchern.«

Der patrón ist der Jockey der *Rosa*, ein eitler Typ mit Haargummi, das jedes Jahr weniger schüttere Locken zusammenhält. Der patrón trägt immer Kapitänsuniform, sonderbarerweise hat diese Uniform kurze Hosen, was ihn aussehen lässt wie einen alternden Schuljungen. Diego ist wesentlich zufriedener mit seinem Overall in derselben Farbe wie das Schiff.

»Was denn nun, Diego?«

Wie kann er Nein sagen, wenn da draußen Leute in Not sind? Kann er nicht. Dann muss sein Bruder eben den Vater nach Hause fahren.

»Guter Mann, beeil dich.«

Diego betritt die weiße Baracke mit dem weithin sichtbaren roten Kreuz. Die erste Station für alle, die sie aus dem Wasser retten, ob schiffbrüchige Segler, havarierte Fischer oder Flüchtlinge. Er steigt die steile Treppe hinauf, zwei Stufen auf einmal. Im Vorraum stapeln sich Kisten mit den Begrüßungs-Sets. Ein Set enthält ein Paar schwarze Schuhe, wie sie Arbeiter tragen. Einen Overall in Blau. Ein Handtuch. Eine Flasche Wasser. Die Leute, die er hier reinbringt, haben oft nichts als nasse Fetzen am Leib. Die Leute, die die Guardia Civil abführt, sehen alle gleich aus. Die haben schon Gefängniskleidung an, noch bevor sie in Abschiebehaft kommen.

Nicht dass Diego eine Ahnung hat, was man sonst mit ihnen machen sollte. Jedes Mal von Neuem rührt ihn die Euphorie auf der *Rosa*, nach der Rettung. Das ist richtig ansteckend, besonders wenn sie ihm danken, ihn vor Glück umarmen. Und dann verdunstet ihre Fröhlichkeit wie eine Pfütze in der Mittagshitze, wenn sie kapieren, was hier läuft. Er hat wirklich keine Ahnung. Sollen wir sie alle ins Land lassen? Wir haben die Krise, wir brauchen jeden Job. Sollen wir sie weiterschicken in die reichen Länder, die in Europa das Sagen haben? Nach Deutschland vielleicht, zu Frau Merkel. Geschähe ihr recht. Ganz gut, dass Diego das nicht entscheiden muss. Er hat ein weiches Herz. Er glaubt nicht, ein besserer Mensch zu sein, nur weil er Spanier ist. Er ist stolz darauf, dass Cartagena seit jeher eine Hochburg der Republikaner ist.

Was reden die da hinter dem Vorhang? Er muss warten, bis sie fertig sind. Da jetzt Stress zu machen, weil er gleich wieder los will, bringt nichts.

Er starrt aus dem winzigen quadratischen Fenster der Baracke auf die Festung. Auf dem Hügel, wo die Gitanos wohnen, hinter der Straße zum Krankenhaus. Wohin man auch sieht, die ganze Gegend ist voller Geschichte. Sie liegt herum, man hat sie ausgegraben, aber dann wusste man nicht so richtig, wie weitermachen. Die Krise hat den Stillstand gebracht. Geschichte stapelt sich in Cartagena, buchstäblich. Ganz oben, schräg hinter ihm, liegt das römische Amphitheater, das später zur Stierkampfarena wurde. Jetzt verfällt auch die und wird mit roten Pfeilern aus Eisen abgestützt. Phönizisch, römisch, spanisch, niemand weiß genau, was los ist. Auf den ersten Blick sieht man nicht mal, welche Häuser tatsächlich Häuser sind und welche nur noch Fassaden. Die halbe Innenstadt ist nichts als Kulisse, gehalten von roten Pfeilern vor Brandmauern, isoliert mit ockerfarbenem Schaum. Wir stecken fest zwischen den Denkmalvorschriften der EU und der Krise.

Wenn Diego darüber nachdenkt, wird er deprimiert. Als er klein war, hat Cartagena noch gelebt. Keine schöne Stadt, na gut. Ein bisschen verrufen sogar, das Hafenviertel, viele Matrosen, viele Soldaten. Heute liegt sie da wie unter Glas: halb fertig herausgeputzt, harmlos, leblos.

Lieber an die Republikaner denken. Hier kämpften sie, hier schrieben sie Geschichte. Erste Spanische Republik, Cartagena der aktivste Kanton unter den föderalistischen Staaten des Südens. Sogar ihre eigene Währung hatten sie: den Duro Cantonal. Antonio Galvés Arce ließ hier die erste rote Fahne Spaniens hissen. Und der wilde General Juan Contreras – ja, derselbe, den er als Kind den spanischen Truppen gegen Lord Nelson zu Hilfe geschickt hatte – ging im Namen Cartagenas auf Kaperfahrten entlang der spanischen Küste. Zu Beginn des Jahres 1874 entkamen Arce und Contreras der Belagerung von der Landseite auf einer Fregatte und durchbrachen die Seeblockade. Der Wind stand gut, sie segelten davon, immer geradeaus bis nach Oran.

Zweite Spanische Republik. Die Geschichte wiederholte sich 1939 im Bürgerkrieg. Direkt vor diesem Fenster, auf diesen braunen Hügeln. Wieder wurde hier die letzte Schlacht geschlagen. Wieder mussten die Republikaner über das Meer fliehen, während Francos faschistische Truppen von der Landseite kamen. Wieder flohen sie nach Algerien. Oder Tunesien? Ganz sicher ist das nicht. Ist ja auch nicht so wichtig. In diesem Augenblick der Geschichte hatte Diegos abuelo seinen Auftritt im großen Weltgeschehen, der Vater seines Vaters. Auch er hieß Diego, klar, Diego Martínez.

»Diego Martínez?« Der Arzt kommt hinter dem Vorhang heraus, gefolgt von einem jungen Polizisten, der Diego das Protokoll zum Unterschreiben reicht. Er setzt seinen Namen darunter, der Polizist verschwindet wieder, Routine.

»Ich würde Sie gerne noch kurz sprechen.« Ein ganz junger Mediziner, er stellt sich vor. Sein Name klingt arabisch. Er fragt sich, warum der Tote am ganzen Körper gebrochene Knochen hat, wenn er doch aus einem Schlauchboot gefallen ist.

Diego wiederholt, dass er ihn ja nur gefunden hat, wie schon zu Protokoll gegeben, in der Reuse verfangen. Er hat einfach angenommen, dass es ein Afrikaner aus einem der pateras ist.

»So?«, fragt der Arzt und zieht die Augenbrauen hoch. »Angenommen?«

Diego schüttelt den Kopf. So will er nicht verstanden werden. Sie haben dem Jungen doch keine Knochen gebrochen. Der Arzt redet weiter, er regt sich auf. Ein Toter ohne Namen, ohne Geschichte, mit schweren Verletzungen. Er will ihn nicht einfach so zu den Akten legen.

Diego hört nicht richtig zu. Eine Erinnerung klingelt Sturm in seinem Bewusstsein. Es dauert ein paar Sekunden, bis er sie hereinlässt.

»Ein Kreuzfahrtschiff«, hört er sich selber sagen. »Solche Verletzungen hatten wir schon, wenn jemand von einem cruceiro gefallen ist.«

Der Arzt hört mitten im Satz auf zu reden.

Diego atmet aus. Er muss jetzt los, wirklich. Die oben in der Zentrale haben einen Notruf. Wieder ein Schlauchboot. Die Leute darauf leben noch und brauchen seine Hilfe. Dringend.

Der Arzt hat sich abgewandt, ist schon auf dem Weg zurück hinter den Vorhang. Diego hört noch, wie er den Polizisten anschnauzt, weil er mit der Krankenschwester flirtet. Dann schließt er leise die Tür hinter sich und macht sich auf den Weg zu seinem nächsten Einsatz.

Äther

Salvamento Marítimo:	Spirit of Europe? Cartagena Maritime Rescue Center.
Spirit of Europe:	Yes Sir this is Spirit of Europe. I read you loud and clear.
Salvamento Marítimo:	Yes Sir it's to inform you that one speed boat is now proceeding to your position and we estimate 30 minutes.
	… Rauschen …
Spirit of Europe:	… 30 minutes …
Salvamento Marítimo:	… 30 minutes to reach your position.
Spirit of Europe:	Okay Spirit of Europe copy 30 minutes.
Salvamento Marítimo:	Okay that's correct Sir. Once the speed boat will arrive to the area you will resume your voyage. We will be in contact Sir.
Spirit of Europe:	Okay thank you very much. Spirit of Europe standing by 27. Standing by for the speed boat.
Salvamento Marítimo:	Stand by. Thank you.

Siobhan of Ireland | Deck A

Oleksij Lewtschenko

Noch ist der Himmel blau. Aber das Licht wird anders. Der Horizont ist zu scharf.

Unwirklich.

Olek bleibt kurz stehen und blickt durch die rautenförmige Öffnung in der Schiffswand auf die offene See. Wie ein verzogenes Fenster ohne Glas. Die *Siobhan* hat immer wieder Überraschungen für ihn parat, obwohl er sie besser kennt als den Körper seiner Frau.

Irina. Einundzwanzig Jahre verheiratet.

»Was weißt du schon?«, hat sie ihn angefahren, als er das letzte Mal zu Hause war. Weil er seiner Tochter verbieten wollte, zu einer Aktion dieser Mädchen zu gehen, die sich nackt ausziehen und protestieren. Gegen den Einmarsch auf die Krim, das schon. Aber nackt? Femen. 2008 in Kiew gegründete Gruppe, die sich als feministisch definiert und durch provokante Aktionen internationale Beachtung gewonnen hat.

Verändert. Der Euromaidan hat sie alle verändert. Mutter und Tochter sind nach Kiew gefahren. Olek hat mit Dmitri und der Crew im Hafen von Oran philippinische Weihnachten gefeiert.

Sein Sohn sitzt den ganzen Tag vor dem PC und spielt Krieg. Call of Duty. Computerspiel aus dem Genre Ego-Shooter. Es versetzt den Spieler in die Rolle eines Infanteriesoldaten, der im Zweiten Weltkrieg in Europa und Afrika an verschiedenen Kriegsschauplätzen kämpfen muss. Während draußen der echte Krieg läuft. Direkt vor der Haustür. Wird Zeit, dass der Junge auf die Nationale Akademie in Odessa kommt. Vielleicht wird er Erster Offizier. Oder sogar Kapitän.

Olek steigt die paar Stufen runter. Das ist die Stelle, wo man das Wasser unter sich rauschen sieht.

Schnell wegsehen. Das zieht einen rein.

Abtauchen.

Verschwinden.

Er biegt nach links und zwängt sich in den engen Tunnel zwischen der Bordwand und der ersten Reihe Container.

Hier ist er sicher.

Wovor auch immer.

Warum fühlt er sich ständig beobachtet in letzter Zeit? Hat dieses Gefühl im Nacken.

Jeder sieht es dir an.

Verdammt eng hier. Damit kennt er sich aus. Odessa ist unterhöhlt von über zweitausend Kilometern Katakomben. Die alten Kalksteinminen. Geheime Zugänge bis zum offenen Meer. Kommunistische Matrosen haben in den Minen Zuflucht gefunden und später die Partisanen, als die Stadt von den Deutschen belagert wurde.

Olek hat als Kind in den Katakomben gespielt. Kreischend sind sie vor dem Geist geflüchtet, der sich dort herumtreiben soll. Eine Frau, man sagt, sie führt diejenigen hinaus, die sich verlaufen haben. Aber sie wollten es nicht drauf ankommen lassen.

Er tastet in den schmalen Spalt zwischen zwei Containern. Ist noch da. Die erste Reihe Ladung wird erst in Castellón gelöscht. Die Flasche ist fast leer.

Nimmt einen tiefen Schluck.

Hält den Briefumschlag ins Licht. Offizieller Stempel. Selten gute Nachrichten, die mit der Post kommen.

Noch ein Schluck.

Starrt auf den Container direkt vor seiner Nase. CGM-CMA. Marseille. Große Haie im Becken der globalen Frachtschifffahrt. Immer größere Schiffe, immer länger, immer mehr Container. Baureihe Marco Polo, drei baugleiche Schiffe, Fassungsvermögen 16 200 Container. Die *Alexander von Humboldt*, fotografiert von Cosmochief am 14. April 2014 in Barcelona bei Gewitter, fünf Sterne.

Dagegen ist die *Siobhan* ein Winzling. Fährt herum und verteilt weiter, was die Großen abwerfen. Das Mittelmeergeschäft stirbt. Collins sammelt bereits Angebote, das ist kein Geheimnis. Letzte Woche hieß es, unsere gute *Siobhan* soll an einen türkischen Reeder verkauft werden und künftig Stahl aus der Ukraine nach Istanbul bringen. Solange die Ukraine überhaupt noch einen Hafen hat. Und solange die Türkei nicht von den Irren aus Syrien überrannt wird.

Die Schifffahrt ist ein Barometer der Weltpolitik. Selbst wenn man sich wie Olek kein Stück für Politik interessiert, kriegt man alles mit. Kriege. Bankenkrise. Ebola. Fukushima. Irgendwo liegt immer gerade ein Schiff, das sie kennen, er und Dmitri.

Noch ein Schluck.

Mach schon, sei kein Feigling. Er guckt sich den Brief noch mal von beiden Seiten an. Weißer, neutraler Umschlag. Ein Einschreiben, das Dmitri beim Hafenmeister quittieren musste.

Sie will also die Scheidung.

Oder sein Vertrag. Nicht verlängert.

Aber was soll's, er kann sich eine neue Frau suchen. Und ein neues Schiff. Ingenieure werden immer gebraucht.

Entschlossen reißt er den Brief auf.

Liest.

Trinkt.

Liest noch mal.

Dreht den Brief um, als sei er nicht sicher, ob er echt ist. Das kann doch nicht wahr sein.

Olek fängt an zu lachen. Er setzt die Wodkaflasche an, verschluckt sich, muss husten.

Verdammte Scheiße, was denken die sich eigentlich?

Er hört auf zu lachen.

Faltet den Brief und steckt ihn sorgfältig zurück in den Umschlag.

Oleksij Lewtschenko wird als Reservist mit sofortiger Wirkung zur ukrainischen Armee einberufen.

Schlauchboot (o. N.)

Karim Yacine

Um nicht an Zohra zu denken, muss er mit seinen Gedanken hierbleiben. In diesem Boot. Bei den Männern, die bald umkommen werden vor Hitze. Das Wasser ist ihnen vor einer ganzen Weile ausgegangen. Abdelmjid hat aufgehört zu winken und lehnt apathisch mit dem Rücken am Gummiwulst. Das rote Tuch hat er ins Meer getaucht und über sein Gesicht gebreitet. Karim kann seine Augen nicht sehen.

Nicht gut.

Die fünf aus dem Dorf haben sich ans vordere Ende des Bootes verzogen. Die Zweckgemeinschaft taugt für eine Überfahrt, aber mehr auch nicht. Keiner sieht rüber zum Schiff. Ihre Blicke sind dem Wasser zugewandt. Einer murmelt vor sich hin. Vielleicht betet er.

Der Lehrer aus Algier hat dem Cousin, der übrig geblieben ist, eine Tablette gegeben. Jetzt schläft er, den Kopf an der Schulter des Älteren. Die beiden Jungs aus Karims Viertel sitzen in der Mitte, über das Smartphone des Kleinen gebeugt. Der andere hat seinen Akku schon verschossen.

Der Lehrer liest ein Buch. Ein echtes Buch! Als säße er in einem Straßencafé und nicht in einem Schlauchboot ohne Sprit. Ab und zu rückt er seine Brille zurecht, die ihm von der Nase rutscht, weil er so schwitzt. Karim versucht den Titel zu entziffern. *Memoires d'Algérie*. Der Lehrer sieht hoch und reicht ihm das Buch.

Karim guckt es an, dreht es um. Er hat es nicht so mit Büchern. Sein Studium, der Traum seiner Eltern für ihre Kinder, ist verloren gegangen im schwarzen Jahrzehnt. Er sucht nach dem Namen des Autors. »Ein Jude hat das Buch geschrieben?« Es klingt so misstrauisch, wie es gemeint ist. Karim reicht das Buch zurück.

Der Lehrer nimmt die Brille ab und wischt sie mit einem Zipfel seines Hemdes sauber. Er spricht mit leiser Stimme. »Ein Jude, der in Algerien geboren wurde und heute in Frankreich algerische Geschichte lehrt. Er sammelt Briefe und Dokumente aus der Zeit des Unabhängigkeitskrieges. Er veröffentlicht sie. Unbequeme Dokumente.« Er schlägt das Buch auf und hält es Karim noch mal hin.

Der winkt ab. Deutet auf die Sonne am Himmel. Zu heiß. In Wirklichkeit: Sein Französisch ist nicht gut. Es ist ihm unangenehm. Er hätte mehr lernen müssen.

All diese Jahre in der Warteschleife. Das schwarze Jahrzehnt. Dunkelheit. Nacht. Als breite das algerische Volk eine Decke über dieses Jahrzehnt und alle nachfolgenden. In Algerien gibt es keinen Frühling. Keinen arabischen und auch sonst keinen. Selbst wenn die Regierung Häuser baut und Mikrokredite vergibt. In Algerien regieren die Generäle. Der Präsident ist ein kranker alter Mann. Kaum jemand weiß, wer hinter ihm steht: Sind es dieselben Männer, die 1992 verhinderten, dass die Islamische Heilsfront die Wahlen gewann? Ihre Söhne? Ihre Enkel? Wollen sie plötzlich etwas von dem Reichtum abgeben, den sie dem algerischen Volk abgepresst haben? Daran glaubt doch niemand.

Karim hat sowieso keinen Kredit bekommen. Obwohl er seinem Land gedient hat.

Vierzehn Jahre alt ist er 1992, und am Anfang sympathisiert er mit den Islamisten. Warum auch nicht?

Dann wird sein Lieblingssänger auf offener Straße ermordet.

Dann wird er eingezogen, mit neunzehn.

»Geh besser.« Seine Eltern haben Angst um ihn, seit ein Cousin verschwunden ist in den Foltergefängnissen der Militärpolizei. Ein paar Wochen später ein Nachbar. Dann der Sohn eines Kunden seines Vaters. Seine Eltern schicken ihn zum Militär, weil sie Angst um ihn haben.

Einmal dort, sagt man ihm: »Die Islamisten bringen eure Familien um, wenn sie herauskriegen, dass ihr beim Militär seid.« Er sitzt in der Falle.

Er trägt die schwarze Gesichtsmaske der algerischen Ninjas, damit ihn niemand erkennt.

Er bleibt. Auch nach dem Wehrdienst.

Es ist das Jahr 1997, und er traut sich nicht nach Hause.

Niemand will, dass das Töten aufhört. In der Kaserne verliert Karim seine letzten Illusionen. Manchmal wissen sie selbst nicht, wer das Massaker vom letzten Wochenende begangen hat. Fünfzig, neunzig, zweihundert Tote. Aufräumen. Wegräumen. Decke drüber.

Karim hat mindestens zwei Männer erschossen. Vielleicht mehr. Er weiß es nicht.

Andere hat er abgeliefert. Waren sie alle Islamisten? Er weiß es nicht.

Er weiß gar nichts mehr. Nicht mal, ob er sich nur eingebildet hat, die Stimme seines Schulfreunds im Militärgefängnis zu hören. Er war Fotograf.

Nein. *Ist* Fotograf. Heute lebt er in Frankreich. So hat Karim es sich ausgemalt. Er hat eine Frau und drei Kinder, und am Wochenende fahren sie ans Meer. Es geht ihm gut, dem alten Freund.

Kurz darauf hat er die Gürtelrose gekriegt. Sein ganzer

Oberkörper voll davon. Die Schmerzen unerträglich. Sie schicken ihn nach Hause. Kein Heckenschütze erwartet ihn. Entweder die sind tot, oder sie haben anderes zu tun. Die Angst vor dem Schuss trägt er bis heute in sich wie das Jucken unter der linken Schulter.

Die Jahre nach dem Krieg sind rastlose Jahre. Karim hängt in seinem Viertel rum, immer auf der Jagd nach einem guten Geschäft. Er versucht sich als Taxifahrer. Als Bergführer. Aber es kommen kaum Touristen nach Algerien. Nach dem elften September sowieso nicht mehr.

Wenig später beginnt die Zeit der Haraga. Die algerische Jugend macht sich in Schlauchbooten davon. Karim ist dabei. Es ist wie eine Sucht. Er probiert es noch mal. Und noch mal. Wird immer besser. Will unbedingt die spanische Küstenwache austricksen. Und kommt durch.

Sechs Monate hat er beim letzten Mal geschafft. Dann haben sie ihn im TGV erwischt. Auf dem Weg von Paris zu Zohra nach Marseille.

Zohra.

Merde.

Nach der Abschiebung hat er den Mikrokredit beantragt. Kleintransporte von Oran aus durch die Sahara. Wenn er will, dass Zohra zurückkommt, muss er ihr etwas bieten. Sie braucht gute Ärzte, ein Auto. Karims Bruder hat einen Kredit bekommen. Seiner wurde abgelehnt. Er hat eine Anzahlung gemacht auf ein Grundstück oben in den Bergen. Mit Blick über die Ebene bis zum Meer. Jeden Tag ist er hochgefahren, aus Angst, der Besitzer würde einen anderen Käufer finden, der die ganze Summe hinblättert. In seiner Vorstellung hat er ein Haus gebaut, in dem er mit Zohra wohnen wird. Irgendwann war das Haus fertig. Er kann es so genau beschreiben, als wäre es wirklich da. Kommen

Sie nur herein, darf ich Ihnen meine Frau vorstellen? Hier ist das Wohnzimmer. Und da drüben die Küche. Ein Wintergarten. Hier oben wird es manchmal ganz schön kalt. Zohra verträgt die Kälte nicht.

Zohra.

Hör auf damit, Karim.

Er möchte den Lehrer fragen, was er in Europa sucht. Ob er Familie hat. Sich zwingen, nicht an Zohra zu denken. Doch bevor es dazu kommt, springt der Lehrer plötzlich auf und deutet zu dem Schiff rüber. Das Schlauchboot kippt, Karim wirft sich auf den Rand und gleicht im letzten Moment mit seinem Gewicht aus. Abdelmjid rutscht das Tuch vom Gesicht.

»Mensch, die lassen ein Boot runter!«

»Na endlich!«

»Hab ich dir doch gleich gesagt!«

Mit einem Mal sind alle wieder hellwach.

Karim bleibt stumm.

Er beobachtet, wie das Boot langsam an der Seite des Schiffes nach unten gleitet. Es sind Leute drin, wie viele, kann er nicht erkennen. Aber er sieht, wie sich die Touristen wieder sammeln. Er registriert das Blinken ihrer Kameralinsen in der Sonne. Als das Rettungsboot die Wasseroberfläche berührt, hört er ein Geräusch. Es klingt wie das Knattern eines Segels. Irritiert blinzelt er, um besser sehen zu können. Und dann begreift er, was sie tun.

Die Leute klatschen.

Die drängen sich da oben auf den Decks und klatschen.

Als wäre das hier *Alhan Wa Chabab*.

Algerien sucht den Superstar.

Cartagena | Spanien

Zohra Hamadi

Diese Figuren auf der Mauer machen sie schwindelig. Hingeworfen mit einfachen schwarzen Strichen, stumme Silhouetten, die genau wie sie auf das Meer hinausschauen. Und dennoch scheinen sie in Bewegung zu sein, sich wie Strudel aus dem Schatten der Hafenmole zu erheben, an deren Ende ein roter Leuchtturm steht.

Zohra schaut weg, aufs Meer, dann wieder hin, auf die Graffiti. Die Strudel-Menschen haben etwas Tröstliches, sie kann es nicht erklären, sie sind auch Wartende, sie fühlt sich weniger allein. Sie lehnt sich an die warme Mauer und schließt für einen Moment die Augen, wird eine von ihnen.

Der Anruf war kurz. Viel zu kurz für seine Worte.

»Wir liegen hier ohne Benzin, irgendwo draußen vor Cartagena. Ich gebe dich frei.«

Ich gebe dich frei, als könnte man ein Herz, das einem geschenkt wurde, einfach so wieder zurückgeben. Karim wird ins Gefängnis gehen, vielleicht für viele Jahre. Aber verdammt, er soll sie wenigstens fragen. Er soll sie fragen und ihr dabei in die Augen sehen. Die Wut kommt aus dem Bauch und krallt sich in ihre Wirbelsäule. Der Schmerz folgt wie ein Echo, ein wenig später, doch er füllt ihren ganzen Körper aus.

Atme, Zohra.

Sie atmet.

Im ersten Moment, da unten an dem Strand, hat sie gedacht, es wird sie umbringen. Die Wut, der Schmerz, die Einsamkeit. Ihr Ausdruck muss das blonde Kind erschreckt haben, denn es rennt davon zu seinen Eltern. Zohra spürt die Blicke von unter den Sonnenschirmen.

Eine Frau, allein.

Eine Frau mit einem Kopftuch, allein.

Eine Frau mit einem Kopftuch, allein, ein Kind, das wegrennt.

Das kollektive Erschrecken dringt wie eine Schallwelle in sie ein. Sie wendet sich ab und tritt den langen Weg zurück zum Auto an. Sie fährt weiter wie in Trance, bis die Tränen und der Schmerz im Rücken sie zum Anhalten zwingen. Sie ist in einer Stadt.

Cartagena. So nah bei Karim. Und doch unerreichbar. Sie läuft so weit in Richtung Meer, wie sie kann. Sie landet hier, an der Mauer. Zusammen mit den stummen Schatten. Den Wartenden.

Zu Hause in Marseille trägt Zohra den Hijab selten. Nur wenn sie sich unsicher fühlt, fremden Blicken ausgesetzt, so wie hier. Das steckt drin, das hat sie von ihrer Mama übernommen und die von ihrer. Niemand hat sie dazu gezwungen. Zohras Vater ist Direktor einer Grundschule in der Nähe von Sidi Bel Abbes. Er verabscheut die Bärtigen. »Sie haben das Algerien kaputtgemacht«, sagt er, »für das euer Großvater gekämpft hat.« Ein unabhängiges, säkulares Algerien.

Zohras Mutter ermahnt ihn jedes Mal, leiser zu sprechen. »Ist gefährlich, Djamel, wenn dich jemand hört! Du weißt doch.« Sie beißt sich auf die Lippen. Der Vater verstummt. Alle sind still, man hört das Geräusch ihrer Messer und Gabeln auf den Tellern. Alle wissen es. Alle wissen, was passieren kann, wenn einen jemand hört. Oder sieht.

An einem Samstag im September 1997, Zohra ist vierzehn, verdunkelt sich um kurz nach drei der Himmel. Regen im September, das gibt es fast nie. Und dennoch regnet es, als der Kleinbus, in dem elf Kolleginnen ihres Vaters sitzen, in eine Straßensperre gerät. Elf Lehrerinnen, die man anonym gewarnt hat:

Westliche Bildung ist haram.

Frauen, die arbeiten, sind haram.

Schülerinnen, die den Schleier nicht tragen, sind haram.

Sie haben sich geweigert, zu Hause zu bleiben. Zohras Vater unterstützt sie darin. Er findet es richtig, dass sie sich nicht einschüchtern lassen. Die Islamisten holen die elf Lehrerinnen aus dem Bus und schneiden einer nach der anderen die Kehle durch.

»Selbst der Himmel hat geweint«, sagen die Leute.

Jahr für Jahr geht Zohras Familie am siebenundzwanzigsten September zur Trauerfeier mit den Angehörigen. Jahr für Jahr wird das Haar ihres Vaters weißer, sein Gang gebeugter. Es lässt ihn nicht los, die Ungeheuerlichkeit dieser Morde, die an Bedeutung verlieren in dem Grauen, das in jener Zeit kein Ende nehmen will. Es gibt keinen Tag, an dem kein Mord geschieht, an dem man nicht hört, dass jemand verschwunden ist, gefoltert, entführt.

Jahre später wird der Mann verhaftet, der den Befehl gegeben hat, die Lehrerinnen zu ermorden. Er stammt aus demselben Dorf, in dem die Schule liegt. Er ist Vater von drei Töchtern. Er ist ein Schäfer.

Jahre später schreibt ihr Vater immer noch jeden Herbst einen Nachruf für die Lokalzeitung.

Jahre später flüstert Mama: »Geh nach Frankreich, mein Schmetterling, geh zu deinem Bruder.«

Bevor es wieder anfängt. Keiner sagt es. Viele denken

es. Wenn sie abends die Nachrichten sehen. Die Islamisten haben großen Zulauf, im Irak, in Syrien. Und einige, hinter vorgehaltener Hand, finden das gar nicht so schlecht. Wir sollten uns nicht alles gefallen lassen.

Zohra macht die Augen auf und ist wieder an der Hafenmauer, vor ihr der Leuchtturm. Am Kai gegenüber liegen zwei große graue Kriegsschiffe, selbst im Sonnenschein wirken sie bedrohlich. Sie fröstelt und richtet den Blick weiter nach rechts.

Komm.

Hierher.

Karim.

Sinnlos zu warten. Sinnlos weiterzufahren. Er hat ihr ja nicht mal genug Zeit gelassen, ihm zu sagen, wo sie ist.

Zohra ist wütend. Ihr Rücken tut weh. Ihre Zukunft ein Trümmerhaufen. Das Meer und der Himmel treffen sich in einer scharfen Linie aus Blau. Auf der anderen Seite der Bucht ist eine Festung in den Berg gebaut. Eine alte Festung, und darüber Funkmasten und Satellitenschüsseln, so ist diese Stadt. Eine alte Stadt. Cartagena. Ihr fällt ein, dass die Eltern hier gewesen sein müssen. Genau hier vielleicht. Ein schöner Gedanke, der sie besänftigt.

Bevor Zohra geboren wurde, konnten Algerier in Europa Urlaub machen wie andere Leute auch. Nach der Hochzeit haben ihre Eltern ein Flugzeug bestiegen und sind in einer halben Stunde von Oran nach Alicante geflogen, einfach so. Eine Woche lang haben sie in Benidorm am Strand gelegen, auf Wunsch ihrer Mama. Und dann eine Woche Rundtour, dem Ehemann zuliebe, der sich nicht sattsehen kann an allem, was alt ist. Die Dias werden immer wieder hervorgeholt, wenn jemand in der Familie Geburtstag hat oder zum Fastenbrechen.

Ein orange leuchtendes Schiff nähert sich der Hafenausfahrt. Zohra hat ein Déjà-vu. Hab ich schon mal gesehen, dieses Schiff. Genau so, dieses Orange, das blaue Meer. Gleich sind sie auf einer Höhe mit ihr, nur eine von vielen Silhouetten an der Hafenmauer. Sie müssen relativ nah vorbei. Zohra beobachtet am Bug des Schiffes eine plumpe Gestalt in einem orangefarbenen Overall, der Kopf unter einem weißen Helm. Wie ein Astronaut aus einem Film.

Film.

Video.

Karims Video. Die Haraga auf dem Rettungsboot, lachen, klatschen sich ab. Gerettet. Das Boot, die grelle Farbe.

Konzentrier dich, Zohra, was hat Karim am Telefon gesagt? Das Benzin ist alle. Sie müssen warten, bis die Spanier kommen und sie retten.

Die Spanier. Er hat es dir doch erklärt, damals, als er dir stolz das Video gezeigt hat. Der blaue Kreis mit dem gelben Anker ist das Symbol der Seenotrettung. Immer besser, wenn die kommen und nicht die Guardia Civil. Obwohl es keinen großen Unterschied macht. Du wirst besser behandelt. Im Abschiebeknast landest du trotzdem.

Bevor sie darüber nachdenken kann, hat sie schon die Arme gehoben und winkt. Anhalten! Sie stürzt nach vorn, aus dem Windschatten der Mauer. Eine scharfe Bö trifft sie im Rücken und schiebt sie über die schräg abfallende Kante auf das Wasser zu. Der Schmerz kommt zurück. Sie rudert hilflos mit den Armen in der Luft. Der Mann mit dem Helm sieht zu ihr rüber, genau in dem Moment, als sie den Halt verliert.

Schicksal.

Zehn Minuten später sitzt sie mit einer Decke um die Schultern hinten im Boot. Er hockt vor ihr und wickelt dabei die Schnur von dem Rettungsring ordentlich auf. Den Helm hat er abgenommen.

Sie reden Englisch, obwohl sie es beide nicht können. Er guckt immer da rüber, sagt er, weil dort sein Großvater ins Meer geworfen ist.

Ins Meer gefallen?

»Nein«, sagt er, »die Asche meines Großvaters.«

Zohra sieht den Schmerz in seinen Augen und nickt. »Tut mir leid.«

»Schon okay«, sagt er. »Mein abuelo war sehr alt.«

Abuelo?

Ein anderer Mann kommt, in Uniform. Zohra zieht die Decke enger um sich, würde sich gern darin verstecken. Sie reden Spanisch, schnell und hart. Das Boot entfernt sich weiter von der Hafenmole.

»Tut mir leid«, sagt der, der sie gerettet hat. »Wir können dich jetzt nicht zurückbringen. Wir müssen raus. Emergency.« Er zeigt nach draußen. »Patera!«

Zohra versteht nicht gleich. »Zodiac?«

»Ja, ja!« Er nickt. »Zodiac.«

Sie lächelt. »Alles klar. Kein Problem.«

No problem.

Er setzt den Helm auf und verschwindet wieder nach vorn. Sie kuschelt sich in die warme Decke und nimmt das nasse Kopftuch ab, so dass die Haare im Wind trocknen können. Die Sonne wärmt ihr Gesicht. Der Schmerz hat sich verkrochen. Die schwarzen Figuren sehen von weitem aus wie richtige Menschen, die langsam in der weißen Gischt verschwinden, die das Boot aufwirbelt. Zohra winkt ihnen zu. Ihr wartet weiter. Ich fahre zu Karim.

Sie greift nach ihrer Tasche, um das Handy rauszuholen. Karim anrufen.

Aber die Tasche ist nicht da. Sie muss sie verloren haben, als sie ins Wasser gefallen ist.

Autoschlüssel. Telefon.

Alles weg.

Rettungsboot IV | Spirit of Europe

Lalita Masarangi

Für einen kurzen Moment stellt sie sich vor, es wäre Jo, da auf der Bahre. Nach der Rettung.

Sie hebt das Tuch. Er sieht sie an. Titanic.

Flashback. Sie und er am Bug. Sein Körper dicht an ihrem, sein Atem in ihrem Nacken.

Hey komm, reiß dich zusammen, Mädchen.

Der Mann unter dem Laken scheint große Schmerzen zu haben. Er stöhnt. Sie kann sein Gesicht nur erahnen unter dem Stoff. Stattdessen sieht sie zu Nike, der Funkkontakt zur Brücke hält. Eigentlich ist Léon der Ranghöhere, aber in sicherheitsrelevanten Situationen ist das anders. Sagt Nike. Und Léon widerspricht nicht. Tut alles, was man ihm sagt. Hol Wasserkanister. Mach dies, mach das.

Irgendwas stimmt doch hier nicht.

Seit ihrem kurzen Gespräch auf der Brücke hat Nike komplett die Kontrolle übernommen. Er vibriert vor Tatendrang, genießt die ganze Sache offensichtlich. Wie der zack, zack das Deck 4 um das Rettungsboot hat absperren lassen. Wie der die Bahre auf Rollen mit einer Hand zum Rettungsboot befördert hat, als wäre sie leer. Keiner hat was gemerkt. Der hat sogar noch für die Kameras der Touristen posiert. Mit seinem Guru-Lächeln. Ziemlich spooky ist das.

Ach was. Lalita hat ihren Deal. Wenn der arme Typ da auf dem Weg ins Krankenhaus ist, werden sie das ganze Schiff nach Jo absuchen. Warum sie keinen Hubschrauber rufen oder den Verletzten nicht direkt an die Seenotrettung übergeben? Keine Ahnung, will sie gar nicht wissen.

Jo.

Mach, dass er lebt. Vielleicht ein Bein gebrochen, liegt irgendwo, kommt nicht alleine hoch. Aber nichts Schlimmes.

Nike wirft ihr und Léon einen scharfen Blick zu und nickt. Ablegen. Léon startet den Motor. Das Rettungsboot setzt sich in Bewegung. So direkt neben dem Schiff fühlt sie sich winzig klein. Als hätte jemand die Größenverhältnisse wieder richtig eingestellt. Von da oben wirkt das Meer wie eine harmlose blaue Fläche. Ein Teppich, über den sie dahinschweben. Hier unten sieht es kalt und gefräßig aus. Sie entfernen sich schnell. Die Leute klatschen.

Echt jetzt. Auf einmal.

Sie hat es doch gehört. Auf Deck 12. »Warum müssen wir hier warten, bis jemand den Müll da abholt?«

»Selbst schuld.«

»Lass sie doch verrecken.«

»Ein paar mehr oder weniger.«

Geifer, geifer.

Und die anderen, die Besserwisser: »Sollte man die nicht gleich zurückschicken?«

Sollte man, könnte man.

»Mama, was machen die Leute da in dem Boot?« – »Die baden, Kind. Siehst du doch.«

Ein Bild kommt ihr in den Kopf. Warum gerade jetzt, keine Ahnung. Aldershot. Zwei alte Gurkhas auf einer Bank in der leeren Shopping Mall. Runzelige Gesichter, leise in ein Gespräch vertieft. Sie schwelgen in Erinnerungen. Dieser Feldzug, jener Angriff. Direkt neben der Bank wartet eine Gruppe von Teletubbies auf Kinder, die sie in

Bewegung setzen. Die bunten Figuren sind überzogen mit einer Staubschicht, in die jemand Kringel gezeichnet hat.

Aldershot ist voll die doppelte Lüge. Briten beschweren sich dauernd. Über die Großmütterchen, die in traditioneller Kleidung hinter ihren durchtrainierten Männern herlaufen. Die in die Grünanlagen pinkeln. Die sich nicht auskennen mit der britischen Kultur.

Nur dass sonst fucking auch keiner kommt. Guckt euch doch mal um! Ihr habt drei leere Shopping Malls in der Stadt. Die Armee baut ab, die interessiert sich einen Dreck für euch.

Wenn wir nicht wären, wer schickt denn seine Kinder in eure Schulen, blecht eure Steuern, zahlt horrende Mieten für eure baufälligen Häuser? Und wer bewacht euch vor den Terroristen, die ihr so fürchtet?

Die Securityleute bei den Olympischen Spielen 2012 waren Gurkhas.

Alle. Bis auf den letzten Mann.

Die zweite Lüge kommt aus Nepal im Koffer mit nach Europa. Die Großmütterchen verbergen ihr Heimweh unter den gestrickten Kappen. Ihre Männer stapfen täglich kilometerweit durch den Nieselregen, um nicht aus der Übung zu kommen. Trotzige alte Kämpfer, deren Augen darum betteln, als Gleiche unter Gleichen anerkannt zu werden. Sie reden sich ein, es sei besser in England: Bessere Ärzte, bessere Medizin, es wird leichter dort, wenn man alt wird. Und dann ist es die Sehnsucht, die sie umbringt.

Lalita fällt eine Geschichte ein, die ihr die Großmutter einmal erzählt hat, als das Wetterleuchten hinter Annapuma so hell war, dass sie nicht einschlafen konnte.

»Was ist hinter dem Berg?«, wollte sie wissen. Und dahinter? Und dahinter?

Großmutter hatte die Geschichte von ihrem Vater gehört, nach seiner Rückkehr aus dem großen Krieg.

Eines Tages, als sie die Tage im Halbmondlager schon nicht mehr zählten, holte man den Urgroßvater in eine Baracke, in der Männer um einen Trichter herumstanden. Deutsche Männer in feinen Anzügen. Sie zerrten ihn zu dem Trichter hin. Einer, der Englisch sprach, forderte ihn auf, etwas in seiner Sprache zu sagen. Irgendwas. In den Trichter hinein. Hinter dem Trichter war eine Maschine, auf der sich eine Scheibe drehte.

Der Urgroßvater hatte Angst. Ein Gurkha ist zum Kämpfen gemacht, dachte er bei sich. Hätte er nur seinen Dolch, er würde sie alle zum Teufel jagen und ihre Maschine gleich mit.

Aber er hatte keinen Dolch. Und so sagte er ihnen, wie es war:

»Hört, hört. Nun hört,
wir kamen auf Befehl der Briten.
Drei Wasserströme in einem Dorf in Nepal.
Wasser fließt ohne Pause.
Wir sterben nicht, aber selbst lebendig leben wir nicht.
Die Seele schreit auf.
Hört, hört. Nun hört, was ich euch zu sagen habe.
Wie brodelndes Wasser
brodeln meine Gefühle in mir.
Kann man diese Gefühle lindern?
Hört, hört. Nun hört, was ich euch zu sagen habe.«

Lalita stockt. Was kommt dann? Vergessen. Scheiße. Aber das Ende fällt ihr wieder ein.

»Mein Körper ist heiß, kühlt ihn mit einem Fächer.
Ich möchte nicht in Europa bleiben,
bitte bringt mich nach Nepal.

Die Gurkha essen Ziege, doch keine Schwäne.
Überleben bringt nicht voran,
Sterben bringt kein Wissen,
ich verstehe nicht.
Ich sage Gott, dass meine Reise sehr lang ist.
Deshalb möchte ich in mein Dorf zurückkehren.
Ich möchte dieses Land verlassen.«

Er hoffte, so erzählte er später, dass sie ihn für diese Worte töten würden. Aber sie nickten nur, klopften ihm auf die Schulter und stellten die Maschine an. Der Urgroßvater hörte seine eigene Stimme. Sie freuten sich, nahmen die Scheibe aus Wachs und gingen mit ihr fort. Sie hatten dem Urgroßvater seine Stimme genommen. Er fand sie erst wieder, als er nach Hause zurückkehrte. Viele Jahre später. Zu den wenigen Dingen, die er hinterließ, gehörte der Zettel mit seiner Ansprache aus dem Lager in Deutschland.

»Darum frage nicht, was hinter dem Berg liegt, kleine Lalita. Denn am Ende könntest du deine hübsche, vorlaute Stimme verlieren. Und nun schlaf.« Die Großmutter macht das Licht aus. Das Wetterleuchten ist vorbei.

Der Mann unter dem Laken wirft sich hin und her und murmelt Wörter in einer Sprache, die Lalita nicht versteht. Sie streicht sachte mit der Hand über die Stelle des Lakens, wo sie seinen Kopf vermutet.

Wer bist du? Wo ist deine Heimat? Wer sind deine Eltern? Fühl nur, ich bin hier. Es wird alles gut.

Hör gut zu.

Ich will dir eine Geschichte erzählen.

Schlauchboot (o. N.)

Marwan Fakhouri

Wo bin ich?

Wo ist sie? Die Stimme. Ziege, doch keine Schwäne.

Konzentrier dich, Marwan. Hirnblutung. Du solltest doch operieren. Marwan soll sich selbst operieren. Hysterie steigt auf. Geht nicht. Der Lachkrampf schüttelt ihn, er fühlt, wie ihm Tränen in die Augen schießen.

»Beruhige dich, Mann. Beruhige dich.«

Arabisch. Jemand spricht Arabisch.

Marwan lächelt. Bin ich wieder in Aleppo? Bin ich nicht weggelaufen? Kann ich die Entscheidung zurücknehmen? Sie war falsch! Versteht ihr?

Stopp.

Zurück.

Noch mal letzter Abend. Pause zwischen zwei OPs, Zigarette unter Freunden. Müde Gesichter, grau vor Erschöpfung. Hört ihr mich, Freunde? Wir müssen durchhalten, egal wie aussichtslos die Lage ist. Vielleicht gibt es keine Hoffnung mehr für Syrien. Aber wir müssen weitermachen, versteht ihr?

»Wir müssen weitermachen!«

Er öffnet die Augen.

Blau. Wasser. Sonne. Tartus, Hafenstadt am Mittelmeer. Marwans Heimatstadt. Russische Kriegsschiffe draußen an der Mole. Der Vater, Ingenieur für Petrochemie. Die Gasvorkommen im Levantebecken sind unvorstellbar groß, Junge.

Stundenlang.

Ja, Vater.

Verstehst du nicht, Sohn? Sie wollen verhindern, dass wir der neue Knotenpunkt für die Gaslieferungen nach Europa werden.

Wer sind »sie«, Vater?

Der Emir von Katar, die Türken, die Iraker, die Sunniten.

Und wer sind »wir«, Vater?

Wir stehen hinter Assad, Sohn. Wir sind Syrien. Wir haben mächtige Verbündete: den Iran, Russland. Wir werden sie besiegen.

Wir, Vater, wir sind nicht mehr Syrien. Ich nicht. Assad beschießt sein Volk mit Raketen, Vater. Ich flicke Studenten zusammen, Vater, die auf einer friedlichen Demonstration waren, Vater. Fassbomben auf das Krankenhaus. Keine Propaganda, Vater.

Der Schmerz pulsiert wie flüssige Lava in seinem Schädel. Nicht aufregen. Ich darf mich nicht aufregen. Der Patient muss ruhiggestellt werden. Wir haben nicht genug Medikamente.

Blaues Meer. Sonne. Stumme Bilder. Familienausflug nach Arwad. Weißes Boot. Festung auf der Insel. Ausruhen im Schatten. Blaues T-Shirt, weiße Hose. Große Agave. Restaurant am Hafen. Blauweiße Plastiktischdecken. Sonntag. Super-8.

Ich bin nicht in Arwad.

Der Geruch nach Gummi. Gummi in der Sonne.

Ich bin im Schlauchboot. Auf dem Weg von Alexandria nach Italien. Immer donnerstags. Erst das Geld, dann geht's los. Der große Kutter hält an, mitten auf dem Meer. Umsteigen ins Schlauchboot.

Viel zu viele Leute. »Hier habt ihr ein Handy. Ruft die Küstenwache von Malta an. Die holen euch.«

Freizeichen. Keiner da. Freizeichen.

Viel zu viele Leute in dem Schlauchboot. Hunger. Durst. Freizeichen.

»Dahinten! Seht nur, Leute, ein Kreuzfahrtschiff!«

Marwan hebt den Kopf, es fällt ihm schwer. Na also. Sieht er doch.

Hoch, so hoch. Bis zum Himmel.

Stopp.

Wieso scheint die Sonne? Es ist doch Nacht auf dem Schlauchboot vor der Küste von Malta. Die *Spirit of Europe* nimmt uns an Bord. Euphorie. Belegte Brötchen. Marwan und Oke.

Nein, nein, alles falsch. Keine Sonne.

Mach die Sonne aus!

Super-8. Falscher Film.

Sybille Malinowski

»Nein!«

Es ist dunkel. Sybille steht am Kai. Jetzt ziehen sie die Gangway rauf. Das Schiff strahlt in seiner ganzen Pracht. Wie ein Schloss, so gewaltig. Die Lichter funkeln. Es ist eisig, ihre Hände kribbeln. Hände, Füße. Jeden Tag verbringt sie Stunden damit, sich zu sagen, dass ihre Hände und ihre Füße noch dran sind. »Wenn sie abfallen, wirst du es schon merken!« Wiltrud kichert, sie hat rote Wangen, viel zu rot. Das ist der Frost.

Sie steht am Kai und stampft mit den Füßen, wegen der Kälte und vor Wut. Sie will da rauf. Will. Muss. Die Wut macht sie ganz heiß. Sie ist zehn.

»Mir ist kalt!«, greint ihre kleine Schwester. »Du hast gesagt, wir gehen auf das Schiff und da ist es gemütlich und warm.«

»Halt den Mund!« Sie sieht die Tränen fließen und bereut es sofort. »Wir nehmen das nächste Schiff.« Sie klingt schon wie die Mutter.

»Neineinein!« Wiltrud schüttelt den Kopf, die Tränen fliegen.

Vater hat es versprochen. Er hat es versprochen. Er wird kommen. Wir müssen warten.

Da sind Leute, oben an der Reling. Schwarze Umrisse vor dem hellen Glanz. Sie winken. Ein Lachen weht zu ihr herunter. Sie hat noch nie etwas so sehr gewollt wie dieses Schiff. Lieber Gott, mach, dass wir auf der *Gustloff* fahren.

Ein paar Jahre zuvor: Tante Hilda kommt alle paar Monate aus Leipzig und hat Bücher und Geschenke dabei. Sie sieht unglaublich gut aus, trägt die neueste Mode aus der Stadt. Wir können gar nicht genug von ihr kriegen, uns gehen die Augen über. Jedes Mal bringt sie Kleider für die Mutter mit und für uns Süßigkeiten. Sie liest Magazine. In einem ist dieses Foto von lauter Damen in Badeanzügen. Sonnenanbeterinnen auf dem Oberdeck der *Gustloff*. Auf Nordlandreise. Das Magazin bleibt. Tante Hilda geht und kommt nie wieder. Stattdessen kommt der Krieg.

Einmal mach doch, was ich will, liebster bester Vater im Himmel. Bitte! Sie stampft noch einmal mit dem Fuß auf. Das Schiff tutet.

Und fährt ab.

Am nächsten Morgen stehen sie alle drei am Hafen. Wiltrud klammert sich an Mutters Hand und wirft ihr hinter deren Rücken tödliche Blicke zu.

Sie haben sich beide eine gefangen an diesem Morgen. Die Mutter kam ins Zimmer gestürzt und hat sie aus dem Bett gerissen. Alle haben durcheinandergeschrien. Mutter hat die halbe Nacht gewartet, so viel hat sie verstanden. Dann ist sie im Sessel eingeschlafen. Hat nicht gehört, wie sie sich reingeschlichen haben.

Sie versteht die Aufregung nicht. Ist doch alles gut, Mutter! Sie haben uns ja nicht mitgenommen. Sie haben uns nicht raufgelassen, Mutter!

Sie sind dann ins Pfarrhaus. Der Marinepfarrer hat noch drei Karten für die *Hansa* auftreiben können. »Gehen Sie, gnädige Frau! Gehen Sie in Gottes Namen! Bringen Sie

Ihre Töchter in Sicherheit.« Sybille hört die Angst in seiner Stimme, dieses Schrille. »Zu Fuß kommen Sie nicht weiter, wir haben Treckverbot und das Militär flutet zurück. Zwanzig Kilometer, gnädige Frau, zwanzig Kilometer stehen die Russen vor der Stadt!«

Der Nordostwind bläst kalt aus Russland. Die Ostsee ist grau wie Blei. Sie stehen am Kai. Es wird schon voll, die Leute sammeln sich wieder. Der Pfarrer hat versprochen, ihre Sachen mit dem Fuhrwerk zu bringen.

Sie warten. Immerzu warten sie. Wo bleibt Vater?

Weiter links liegt die *Hansa*. Ein ganz normales Schiff. Langweilig.

Sie fühlt sich wie nach einer Fiebernacht. Die Zähne klappern. Die Knie sind noch ganz schwach. Aber der Körper will gesund werden. Will den Frühling sehen, die Knospen, die Wildgänse am Himmel. Will den Sommer fühlen, den warmen Sand unter den Füßen. Im Gras liegen und lauschen. Die Lerche klettert an ihren Liedern in die Luft.

Sie schaut nach oben.

Ruft da eine Wildgans? Eine einzelne, viel zu frühe Wildgans? Hat sich verflogen?

Hinter ihr die Stadt. Selbst im Rücken kann sie fühlen, dass eine unheimliche Spannung über der Stadt liegt.

Um sie herum aufgeregte Stimmen. »Was, was sagen die da? Mutter?« Die Mutter schüttelt nur den Kopf. »Aber ich hab's doch gehört, Mutter!«

Die *Gustloff* ist gestern Nacht gesunken.

Leichen treiben in der grauen Ostsee. Hunderte. Tausende.

Kalt ist es.

Sybille wacht davon auf, dass die Sonne weg ist. Immerzu schläft sie ein, das müssen die Medikamente sein. Der Arzt sagt, es sei eine Sache der Feinjustierung, die richtige Dosierung für den Parkinson zu finden. Das kann Jahre dauern. Er sagt damit durch die Blume, dass es sich noch Jahre hinziehen kann. Sybille weiß das alles. Sie war Orthopädiefachverkäuferin, sie hat viel mit Parkinsonkranken zu tun gehabt.

Jahre, in denen nichts mehr besser wird. Jahre, in denen ihre Welt immer kleiner werden wird.

Immer begrenzter.

Tanke Horizont, Sybille. Nimm diese endlosen Himmel in dich auf. Speichere sie. Du wirst sie brauchen.

Ein heftiger Wind treibt jetzt Wolken heran. Plötzlich bricht die Sonne wieder durch, weit draußen. Sie verwandelt das Meer in ein dramatisches Farbenspiel aus Schwarz, Weiß und Silber. Ah. Wie ist das schön.

Ihre Gedanken fliegen. Sie fliegen über das Meer, jetzt ein anderes, ein nordisches Meer. Sie ist eine Lerche. Sie singt. Sie jubiliert. Sie fühlt die Ansätze ihrer Schwingen, die Kraft jedes einzelnen Flügelschlags. Sie sieht, ganz unten, sich selbst und ihre beiden Kinder im Sand spielen. Sie sieht sich als junges Mädchen im Segelboot. Sie fliegt weiter, übers Meer. Sieht sich an jenem Morgen am Kai stehen, daneben die Mutter mit Wiltrud an der Hand. Irgendwo dahinter liegt das Haus ihrer Kindheit. Irgendwo dahinter bringt der Vater die Pferde in den Stall. Sie haben ihn nie wiedergesehen, den Vater. Seine Spur verliert sich in Russland. Sie kann ihm nicht folgen.

Auch Tante Hilda nicht. Und ihrem Mann, dem Zeitungsverleger. Leipzig hatte eine große jüdische Gemeinde. Die Kinder noch in Sicherheit gebracht, mit Hilfe deutscher

Freunde. Die Eltern verlorengegangen. Auf dem Weg nach Auschwitz?

Sybilles Vater will davon nichts hören. So etwas kann nicht geschehen. Die Mutter schweigt.

Ihr fallen plötzlich Zeilen aus einem Gedicht ein. Das passiert ihr in letzter Zeit häufig. Erinnerungen steigen auf wie Blasen, völlig aus dem Zusammenhang gerissen.

Did you close the door softly
For the last time
As you left
Fearful
Tearful
Frightened
Lonely without us
Gone long ago

Max hat es ihr aus England geschickt, viele Jahre später, als sie sich wiedergefunden hatten. Es waren die Abschiedsworte einer jüdischen Dichterin an ihre Mutter. Die Schuld, überlebt zu haben. Der Junge, ihr Cousin Max, hat sie nie verwunden.

Der Briefwechsel zwischen Sybille und Max beginnt wie ein vorsichtiges Abtasten und dauert bereits vierzig Jahre. Nun kann sie nicht mehr schreiben. Sie muss dankbar sein, wenn jemand ein paar Zeilen für sie in den Computer tippt, die sie aus dem Gedächtnis frei formuliert. Auch das wird nicht mehr lange gehen.

Die Gedanken zittern.

Wie die Hände.

Was ist das? Applaus?

Sybille taucht vollends aus der Welt ihrer Gedanken auf.

Der Geist sträubt sich. Was will er auch im Hier und Jetzt der Schmerzen und der Hilflosigkeit. Verwundert stellt sie fest, dass sie von leeren Liegestühlen umgeben ist.

Da, schon wieder, das muss genau auf der anderen Seite sein. Was klatschen die denn da? Hat man die armen Menschen endlich aus diesem furchtbaren Schlauchboot befreit? Immer diese Kultur des Spektakels, alle fünf Minuten muss eine neue Sensation fabriziert werden.

Die Musik dudelt auch schon wieder.

Und Wiltrud spielt. Meine kleine Schwester.

Sybille und ihr Mann haben sehr viel gelesen. Haben versucht, sich mit dem Krieg und der eigenen Geschichte auseinanderzusetzen. Dennoch erschrickt sie immer wieder über die Gier in den Gesichtern ihrer Generation.

Ja, Gier. Ehrgeiz mag eine Tugend sein, aber an welchem Punkt schlägt sie um? Gier nach Essen. Gier nach Leben. Gier nach Karriere. Sie kann die Gier in Wiltruds Augen sehen, wenn sie behauptet, abends noch einen Spaziergang auf Deck zu machen, um sich die Beine zu vertreten.

Wenn sie es recht bedenkt, ist es von jeher schwierig zwischen ihnen gewesen. Wiltrud will sie ständig übertrumpfen. Abitur muss sein. Dann studieren, alles andere kommt nicht in Frage. Später ein Hamburger Reederssohn, der schon von Haus aus mehr Geld hat, als Ulrich, Chefarzt im Krankenhaus, je verdienen wird. Wiltruds Kinder haben sich früh ihren Ansprüchen entzogen. Und nun offenbar die Sucht nach dem Glücksstreffer. Um das Geld geht es ihr nicht. Davon hat sie genug.

Sybille erschrickt. Wiltrud wird sie ja nicht wiederfinden. Selbst wenn sie sich in einem klaren Moment daran erinnert, dass ihre Schwester mutterseelenallein an Deck liegt und auf ihre Hilfe angewiesen ist. Die Lütte von der Security hat sie sicher auch längst vergessen.

Ob schon einmal ein Passagier während einer Kreuzfahrt verhungert oder verdurstet ist? Wohl kaum. Die Vorstellung, in diesem Überfluss zu verhungern, bringt sie tatsächlich zum Lachen.

Reiß dich zusammen, Sybille. Du musst etwas unternehmen, und zwar sofort. Bevor du zu schwach bist, weil du deine Tabletten nicht genommen hast. Es wird höchste Zeit.

Sie tastet hinter sich. Der Rollstuhl ist da. Schritt eins, Schritt zwei, Schritt drei. Alles schön nacheinander.

Sie verlagert den Schwerpunkt ihres Körpers so, dass das Fußteil der Bäderliege sich senkt.

Der Oberkörper kommt in die Senkrechte. Kopf fällt auf die Brust. Kann nur nach unten gucken.

Linkes Bein mit beiden Händen umfassen.

Fuß auf den Boden stellen.

Rechtes Bein.

Fuß auf den Boden. Aufpassen! Nicht nach rechts kippen.

Zentimeter für Zentimeter schiebt sie ihren Körper um neunzig Grad nach links. Aufstehen.

Der Rollstuhl muss links von ihr sein. Sie greift blind in die ungefähre Richtung. Ein Griff. Das ist die Armlehne. Der Rollstuhl steht mit der Sitzfläche zu ihr, die Bremsen angezogen.

Keine Chance.

Sie muss rum mit der Liege. Hand wieder zurück. Mit beiden Händen festhalten, Füße trippeln nach links.

Eins, zwei, drei. Vorwärts im Millimetertakt.

Geschafft.

Jetzt mit beiden Händen nach den Armlehnen greifen.

Festhalten.

Und ziehen.

Eins, zwei, drei.

Hoch mit dir, alter Gaul.

Geschafft.

Sie löst die Bremse. Jetzt kann sie den Rollstuhl verkehrt herum als Gehwagen benutzen.

Sie muss ihrem Instinkt folgen. Das Casino ist am Heck des Schiffes. Also rechts runter. Und dann zum Aufzug.

Glück auf. Sie kann ja nicht sehen, was vor ihr liegt. Nur den Boden. Der Boden ist hellgelb. Achtung, eine Kante. Rot jetzt, dunkelrot.

Der Schlag kommt heftig und unvermittelt.

Sie taumelt.

Hebt mit aller Anstrengung den Kopf.

Sie steht auf der Joggingbahn!

Der junge Mann ist schon weitergelaufen. Sie sieht nur sein buntes Dress, Kopfhörer auf den Ohren, muskulöse Waden.

Der Kopf. Sie kann ihn nicht mehr halten.

Etwas knackt im Rücken, direkt unterhalb ihres Halses.

Zweiter, dritter oder vierter Wirbel.

Osteoporose. Porös. Die Wirbel brechen ein. Die Ärzte raten zur Operation. Zement eingießen. Um die Wirbel zu versteifen.

Ihr wird schwindelig.

Ich habe Angst.

Plötzlich Hände. Hände und Stimmen. Jemand greift nach ihr, dreht sie um, zieht. Nicht ziehen!

Sie fällt rückwärts in den Stuhl. Roter Boden. Sie kann ja die Person nicht sehen. Hallo, ich sehe Sie nicht. Wer sind Sie?

An ihrem Ohr. Englisch. »Madam, Ihre Kabine?«

»Casino«, bringt sie mit Mühe hervor, »meine Schwester im Casino. Wiltrud Herrendorf.«

Dunkelrot. Weiße Streifen. Hellgelb. Grün.

Wo bin ich?

Panik.

»Lassen Sie mich los! Holen Sie meine Schwester! Sofort!«

Die wilde Fahrt hat augenblicklich ein Ende.

»Wie Sie wünschen, Madam.«

Grün. Grüner Kunstrasen. Pfui, wie geschmacklos.

Ihr ist kalt. Sie möchte in die Kabine. Ihre Tabletten nehmen. Unter die warme Decke. Schlafen. Träumen. Die Augen fallen schon wieder zu.

»Sybille!« Sie kann lediglich Wiltruds Beine sehen, schlank, in weißen Sieben-Achtel-Hosen. Braune Fesseln. Sandalen. Lackierte Fußnägel. »Ich habe dir doch gesagt, du sollst auf mich warten!« Sie braucht nicht hochzusehen, um zu wissen, was für einen Blick ihr Wiltrud jetzt zuwirft. Tödlich. Wie damals in Gdingen.

Alles deine Schuld.

Die Beine gehen in die Hocke. Sie riecht nach Alkohol. Etwas fällt aus der Hosentasche. Ein silberner Chip. Sie stellt den Fuß drauf. Zu spät, liebe Wiltrud.

Gezwungene Freundlichkeit. »Ich bringe dich jetzt in die Kabine, ja?«

Sie hebt die Hand.

Schiebetür. Fahrstuhl. »Freitag« steht auf der Fußmatte.

Heute ist Freitag.

Flur. Gemusterter Teppich. Braun- und Gelbtöne.

Kabine. Teppich. Hellgrün.

Summen. Safe. Auf. Zu.

Mein Schmuck. Der Code ist der Geburtstag unserer Mutter. Sie bewahrt da ihre Chips auf. Ich komme ja sowieso nicht dran. Meine Hände zittern. Ich treffe die Tasten nicht. Ich kann nicht stehen.

Sie möchte schlafen.

Ihr vierter Brustwirbel ist eingebrochen.

Nikhil Mehta

Smile!

»Bitte, Officer, hier rüber gucken!«

Na gut. Er strafft den Oberkörper, Schultern zurück, Bauch einziehen.

»Die Uniform steht Ihnen gut, Officer!«

»Danke, Ma'am.« Sie drängen ihre schwitzenden Körper an seinen. Die Männer machen auf Kumpel. Arme um die Schultern.

Smile!

So, und jetzt ist Schluss.

Bald wird er nicht mehr diese alberne Traumschiff-Verkleidung tragen, so viel ist sicher. Die E-Mail seiner Anwältin kann jeden Tag kommen, und dann ist der Weg frei. Zurück nach Indien. Ganz nach oben. Keiner wird ihn aufhalten.

Seit über einem Monat ist NaMo, so nennen sie ihn in Gujarat, endlich Premierminister von Indien. Unser Mann: Narendra Modi. Eigentlich eher eine One-Man-Task-Force. Ein Tsu-NaMo jetzt, nach seinem überwältigenden Wahlsieg. Möge er Indien so weit bringen, wie er Nikes Heimat Gujarat gebracht hat. Ein Wirtschaftswunder im blühenden Norden, anders kann man es nicht nennen. Die indische Mittelklasse braucht Wachstum, Wohlstand und Sicherheit. Zu lange haben wir nur geredet, die Nehrus und Gandhis haben uns den Kopf vernebelt. Jai Ram!

Ich sage, wie es ist. Spätestens seit dem Terrorangriff auf Mumbai wissen wir wieder, wo der Feind sitzt. Da bin ich mir einig mit den Kollegen aus Israel. Die Welt steht an einem historischen Wendepunkt. Wenn Sie wissen, was ich meine. Wir müssen uns entscheiden. Und Indien hat sich entschieden. Wir sind das einundzwanzigste Jahrhundert.

Nike tritt von den Leuten zurück, überwacht, wie die Burmesen das Absperrband wegnehmen. Die Show ist vorbei. Er ist zufrieden mit dem Ausgang der Dinge. Es gibt für alles eine Lösung. Miami wird das auch so sehen.

Fertig. Und jetzt weiter im Ablauf. Nike checkt in Gedanken seine innere To-do-Liste.

Bericht erstatten. Der Erste ist schon wieder hoch auf die Brücke, aber der gehört nicht zur chain of command in Sicherheitsfragen. Das ist eine Sache zwischen Nike und dem Kapitän.

Danach Miami. Videokonferenz mit Sheila steht wohl an.

Der Nigerianer muss erst mal bleiben. Solange der keinen Ärger macht, soll ihm das egal sein. Da muss eine politische Lösung gefunden werden, früher oder später. Später wäre ihm lieber. Mit dem wird er persönlich reden.

Masarangi soll die Konferenzschaltung vorbereiten. Wo ist die überhaupt? Ah, da neben der Tür. Wartet auf seine Befehle. Er schickt sie runter ins Büro.

Er wendet sich ab, ist schon die halbe Treppe hoch. Da ist sie plötzlich neben ihm.

»Sir!«

»Was denn noch?«

»Sie hatten doch versprochen – der Sänger. Was werden wir unternehmen?«

Was wir unternehmen werden? »Mädchen, der ist doch

noch keine vierundzwanzig Stunden überfällig.« Nicht mal seine Band hat bisher Alarm geschlagen. Solange die sich nicht beschweren, bin ich nicht zuständig.

Wo sind wir? Deck 6. Er zieht sie in die Maharaja Lounge. Alles auf Orient gemacht hier. So wie ein Amerikaner sich Indien vorstellt. Sogar mit falschen Elefanten und Tigerköpfen an der Wand. Die Filipinos spielen ihr Programm runter wie immer, der Typ am Bass singt. Die brauchen den Sänger doch gar nicht. Innere Notiz: Mail an den Cruise Director. Spart Kosten.

Frühe Trinker sitzen vor ihren Cocktails. Schlechtes Wetter macht Kasse.

»Ich will das von denen hören, klar, Mädchen? Du gehst da jetzt rüber und sagst denen, wenn was nicht stimmt, sollen sie direkt zu mir kommen. Hast du mich verstanden?« Sie nickt und durchquert die Lounge bis zur Bühne, wo sie wartet, bis die Nummer zu Ende ist.

Man darf dieses Gerede nicht einreißen lassen. Irgendwann labert einem jeder den Hut voll. In solchen Situationen zeigt sich wahre Führungskraft – leadership. Nike hat weiß Gott genug von diesen Seminaren mitgemacht in den letzten Jahren. Miami ist ganz wild darauf.

Dabei hat er schon als Junge im RSS alles über leadership gelernt, was man wissen muss. Ihre Gegner nennen Rashtriya Swayamsevak Sangh die Kaderschmiede der Hindutva. Ja, und wir nehmen das als Kompliment!

NaMo und Nikes Vater sind fast gleichzeitig dabei gewesen, in verschiedenen shakas, Ortsgruppen, aber man kennt sich vom Sehen. Nike und sein Bruder dann natürlich auch, sobald sie alt genug waren. Für ihn war das Allergrößte das alljährliche Sommercamp, die Sangh Shiksha Varga in Gujarat. Dieses Gefühl, wenn du mit Tausenden deiner Kameraden Sport machst, Morgentraining, Cricket, Yoga. Körperliche Disziplin ist das A und O, das Credo des RSS seit der Gründung im Jahr 1925. Aber selbstverständlich war das zur gleichen Zeit wie die Hitlerjugend! Das Modell ist ja nun kein Geheimnis. Nur dass es uns immer noch gibt! Und wir haben alles erreicht: das Ende der britischen Kolonialherrschaft in Indien, die nationale Rekonstruktion der indischen Nation als kulturelle Einheit der Hindus. Wir stellen sogar den Premierminister. Was wollen Sie denn noch?

Sein Telefon klingelt. Die Brücke meldet, eine der Suiten fragt nach Officer Masarangi von der Security. Sie stellen durch. Der Passagier ist eine Frau, eine alte Lady, der Stimme nach. Nike kann sie kaum verstehen. Ihr Englisch hat einen starken deutschen Akzent.

»Ma'am, wie kann ich Ihnen helfen?« Er legt besonders viel Respekt in seine Stimme. Die Deutschen sind seine Lieblingsgäste, nicht nur wegen der Turnschuhe und Hitler. Sie halten sich einfach an die Regeln. Ihn stört nur, dass sie dauernd bei der Security anrufen wegen der Handtücher auf den unbesetzten Liegestühlen. Sie nuschelt etwas von ihrem Schmuck. Und dass die Frau kommen soll. »Masarangi. Ja, kommt sofort, Ma'am.«

Umso besser, dann ist er die auch los. Nike merkt sich die Nummer der Suite. Indische Schüler müssen so viel auswendig lernen, dass die vierstelligen Zahlenkombinationen eine leichte Übung für ihn sind.

Die Band hat gerade aufgehört. Höflicher Applaus. Er beobachtet, wie Masarangi auf den Bassisten einredet, Raymond heißt der doch, oder nicht? Raymond lacht und winkt ab. Masarangi verzieht den Mund. Die soll bloß aufpassen, von so einer Schnute kriegt sie schneller Falten, als ihr lieb ist.

Sie kommt zurück. »Die meinen, er macht öfter mal blau.« Sie glaubt nicht daran.

Nike nimmt sie am Arm und schiebt sie wieder zu den Treppenaufgängen. »Sieh mal, Mädchen.« Die väterliche Tour. »Sie steigern sich da in etwas hinein, Officer. Lassen Sie mich Ihnen etwas erklären. Auf diesem Schiff leben durchschnittlich fünftausend Menschen. Die meisten von ihnen kennen sich untereinander nicht. Dennoch kommt es auf Kreuzfahrten in den seltensten Fällen zu schweren Unfällen oder gar Verbrechen. Ist das nicht erstaunlich? Natürlich gibt es Ausnahmen. Aber davon gehen wir jetzt noch nicht aus. Wir gehen davon aus, dass Ihr Sänger sich irgendwo an Bord befindet und seinen Rausch ausschläft. Wenn das nicht der Fall ist, ist er nicht mehr an Bord. Und ich sage Ihnen …« Er senkt die Stimme. Sie sind jetzt auf Deck 7. Genau da, wo er sie haben will. Am Bug ist die Bibliothek. Sie ist, wie fast immer, menschenleer. Nur ein Junge lümmelt auf einem der Kunstledersessel und spielt mit seinem Gameboy. Nike bedeutet Masarangi, mit ihm zwischen die dunklen Holzregale zu treten, falsches Furnier aus warmen Tropenhölzern. »Wenn er nicht mehr an Bord ist, dann haben wir es zu neunundneunzig Prozent mit einem Suizid zu tun.« Sie reißt erschrocken die Augen auf. »Ja, Masarangi, sehen Sie den Tatsachen ins Auge. Nur die Starken überleben. Und die Schwachen …« Nun ja, wie soll er es ihr erklären. »So ein Kreuzfahrtschiff scheint solche Menschen geradezu magnetisch anzuziehen. Sie gehen an Bord, als Crewmitglieder, und wenn der Moment gekommen ist, dann springen sie. Manchmal ist es eine schlechte Nachricht von zu Hause, die das Fass zum Überlaufen bringt. Oder ein Passagier, der mit dem falschen Fuß zuerst aufgestanden ist. Und wissen Sie was, Masarangi? Keiner von denen verschwendet einen Gedanken daran, was er uns, Ihnen und mir, damit für Probleme verursacht. Wir müssen die Seenotrettung alarmieren, die natürlich nicht in der Lage ist, eine Person ohne exakte Positionsangabe auf hoher See wiederzufinden. No chance. Der Papierkram. Die Hafenpolizei. Miami. Im schlimmsten Fall landet die ganze Geschichte auf einer Website dieser Cruise-Hasser, und die Familie des Opfers führt jahrelange Prozesse von einer Instanz zur nächsten. Ein Albtraum, Masarangi. Mein Albtraum. Der Albtraum Ihres Vaters. Und zukünftig auch Ihrer. Haben Sie oft Albträume, Masarangi?«

Sie schüttelt den Kopf.

»Gut. Seien Sie glücklich. Ich habe welche.« Er legt ihr die Hand auf die Schulter und zeigt nach links. »Und nun gehen Sie in Suite 7945. Die Dame hat ausdrücklich nach Ihnen verlangt. Und ich kümmere mich um Ihren Jo, wenn es nötig wird.«

Sie verschwindet ohne einen weiteren Einwand. Das ging ja leichter als erwartet. Ich kümmere mich. Nike, der Troubleshooter.

Er stürmt die nächste Treppe hinauf. Sobald er hier abmustert, können ihm all die Illegalen und Selbstmörder, die Gefräßigen, die Kranken, die Spielsüchtigen und die Sonnenverbrannten gestohlen bleiben. Doch bis dahin braucht er eine weiße Weste. Bei der Special Protection Group des Präsidenten wird man komplett durchleuchtet. Daran kann auch NaMo nichts drehen, obwohl man Nike schon angedeutet hat, dass da ein Plätzchen für ihn wäre. Sofern er in dieser alten Sache freigesprochen wird. Und wenn er ansonsten saubere Akten hat. Und diese Akten liegen nun mal in Miami.

Er nimmt die letzte Treppe, zwei Stufen auf einmal. Noch ein paar Meter Flur bis zur Brücke.

Er wird jetzt dort reingehen und dem Alten Bericht erstatten. Die Leute auf dem Schlauchboot: alles Männer, keine Frauen, keine Kinder, alle in guter Verfassung. Zehn Liter Wasser und Decken ausgeteilt, die Männer informiert, dass die Küstenwache unterwegs ist.

»Keine weiteren Vorfälle, Captain. Alles unter Kontrolle.« Anschließend: Videokonferenz mit Miami.

Anschließend: Telefonkonferenz mit Annapuma Security. Masarangi senior, einmal Soldat, immer Soldat. Der wird ja wohl seine Tochter im Griff haben.

Er gibt den Zahlencode ein. Die Tür zur Brücke öffnet sich. Er nickt dem Gurkha zu, der immer noch Wache schiebt.

Der Alte läuft auf und ab, alle anderen stehen rum und warten. Moret sitzt am Computer und brütet über irgendwelchen Karten. Navigation. Meteodaten. Wenn der Kapitän nicht hier wäre, würden sie jetzt Wetten abschließen, was zuerst kommt: die spanische Seenotrettung oder das Unwetter.

»Endlich!« Der will auch wieder in sein Büro. Braucht seinen Kaffee und wer weiß was noch alles. Zu lange unregelmäßige Schlafzeiten. Da greift mancher zu Tabletten. Unruhig wie ein Tiger im Käfig. »Mehta, wo waren Sie denn so lange?«

»Notfall auf Deck 7, Kabine 7945.« Lieber absichern. »Entweder Diebstahl oder Alzheimer.«

Der Alte lacht, und Kiyan, der Zweite, grinst. »Gute Arbeit da draußen, Mehta. So weit ich das von hier oben sehen konnte, alles sauber nach Vorschrift.«

Nike liefert seinen Report ab wie vorbereitet und wie der Kapitän ihn hören will.

Das Funkgerät knistert. Moret fährt mit dem Drehstuhl

herum, kommt federnd hoch und geht mit langen Schritten zum Mikrofon. Ein schneller Blick zu Nike.

Moment mal, war das ein spöttisches Lächeln auf Morets Lippen? Nike ist alarmiert.

»Gibt es noch was, Mehta?« Der Kapitän gähnt.

»No, Sir.«

Wie auf Verabredung sehen beide zu Moret, der an den Knöpfen des Funkgeräts rumfingert, ohne hochzugucken.

»Meine Herren. Ich bin dann unten. Sie fahren weiter, sobald das Go von Cartagena kommt.« Der Alte winkt Nike, mit ihm die Brücke zu verlassen.

Nur das nicht. Bei aller Liebe zu Deutschland. Kapitän Björn-Helmut Krüger ist bekannt für seine nicht endenden Monologe über die weltpolitische Lage. Ein überzeugter Sozialdemokrat. In Indien wäre er ein Mann der Kongresspartei.

Solche Männer sind Gestern, Geschichte.

Heute ist NaMo.

Morgen ist Nikhil Mehta alias Nike, der Troubleshooter.

Äther

Spirit of Europe: Spirit of Europe go ahead please.

Salvamento Marítimo: This is Cartagena Rescue Center. You want information about the speed boat. The ETA ... (unverständlich) will be in 15 minutes. 10 to 15 minutes.

Spirit of Europe: Okay. ETA to our vessel is 10 to 15 minutes. 10 to 15 minutes. Thank you Cartagena Rescue Center.

Salvamento Marítimo: Yes when the speed boat arrives you can proceed your voyage.

Spirit of Europe: Okay. Spirit of Europe copy. When the speed boat is here we can proceed with our voyage. ETA 10 to 15 minutes. Thank you. Spirit of Europe standing by 27.

Salvamento Marítimo: Okay thank you very much Spirit of Europe for your cooperation.

Spirit of Europe | Brücke

Léon Moret

Ha! Es geht gleich los. Léon reibt sich die Hände, streckt sich und schaltet das Funkgerät aus. Die *Salvamar Rosa* wird ungefähr auf Position elf Uhr eintreffen. Der Quartermaster sitzt schon im Schleudersitz.

»Sichtkontakt?«

»Noch nicht, Sir.«

Aber Kiyan hat sie schon auf dem Radar und gibt die Position durch. Knappe drei Seemeilen noch.

Jetzt ist der Zeitpunkt ideal. Dass der Kapitän längst wieder unten sein würde, hat Léon geahnt. Aber dass Mehta, die Schlange, auch weg ist. Besser hätte es nicht laufen können. Léon tritt an die Panoramascheibe. Der Schleudersitz hat die Backbordseite im Visier, also schlendert er nach Steuerbord rüber. Auch mal ein bisschen gucken. Ganz am Ende der Brücke ziehen sich die Fenster rum, so dass er gute Sicht zur Seite und nach hinten hat. Weit draußen dümpelt das havarierte Schlauchboot. Es regnet bereits einzelne Tropfen. Das Unwetter kommt genau nach seinem Timing.

Er stellt sich ganz nah an die Scheibe. Flüstert: »Bonne chance.«

Der Wind frischt jetzt auf. Kurz flackert die Sorge: Was, wenn sie in dem Sturm da draußen kentern? Ach was, der Typ, mit dem er geredet hat, war cool. Hat keine Miene verzogen, als er ihm zu verstehen gab, dass in dem letzten

Kanister Benzin ist. Wie gut, dass Nike und die Security-Tussi kein Französisch verstehen.

Léon wendet sich ab und geht zügig zurück zu Kiyan. Der verfolgt immer noch die *Rosa* auf dem Radar. Das Schlauchboot ist zu klein für seine Antennen, deshalb fahren die ja auf diesen Luftmatratzen übers Mittelmeer. Léon sieht ihm kurz über die Schulter und geht weiter zum Steuerpult.

Plötzlich stolpert er über eine kaum wahrnehmbare Kante im dicken, blauen Velours. Kann sich gerade noch abfangen, stützt sich auf dem Pult ab.

Das Nebelhorn.

Der mächtige Ton reißt den Quartermaster von seinem Sitz. Kiyan stürzt hinter dem Vorhang hervor.

»Ups.« Léon rappelt sich auf. »Das war knapp.«

Kiyan wirft ihm einen prüfenden Blick zu. Aufgepasst, der lässt sich nicht so leicht was vormachen.

»Officer Huang!«, bellt Léon lauter als nötig. Kiyan steht stramm. »Tragen Sie ins Logbuch ein: Um –«, er sieht demonstrativ auf die Uhr, »fünfzehn Uhr sieben MEZ betätigt der Erste Offizier vom Dienst, Léon Moret, zur Verhinderung eines Arbeitsunfalls im Dienst versehentlich das Nebelhorn. Und machen Sie dem Kapitän Meldung.«

Léon blinzelt heftig und gähnt. Dass er völlig übermüdet ist, braucht er niemandem vorzuspielen.

»Fünf Minuten«, sagt Kiyan und lächelt. »Maximum. Ich weck dich.«

Und schon liegt er auf dem Sofa. Augen zu. Wenn er cool ist, sind die anderen es auch. Dann läuft keiner auf und ab und sieht womöglich, dass das Schlauchboot weg ist. Kiyan telefoniert bereits leise im Hintergrund.

Es ist eine spontane Entscheidung gewesen. Mehta hat ihn wahnsinnig genervt. Der Schreck darüber, dass der alles weiß. Dieses Egal-Gefühl, das sich gleich darauf eingestellt hat. Und dann: Das lässt du dir nicht gefallen.

Ehrlich: Was denkt der sich eigentlich? Dass er mich in der Hand hat? Ich meine, ich hab ja jetzt keinen Fehler im Dienst gemacht oder so. Ich bin ein hervorragender Navigator, hab als Bester meines Jahrgangs abgeschlossen. Und ich hab, wie der Kapitän sagt, die Seefahrt im Blut.

Ich konnte schon segeln, bevor ich richtig laufen konnte. Wenn ich surfe, ahne ich die Welle, die gleich kommt, und wenn ich kite, drehe ich den Schirm in die Bö, weil ich sie sehen kann. Nicht wirklich natürlich, sondern im Kopf. Mit meinem inneren Auge. Georges, mein Vater, sagt, das ist, als hätte ich einen sechsten Sinn für das Meer. Ist ihm unheimlich, weil er Wissenschaftler ist. Für ihn gibt es keinen Gott und keine Magie, nur Verstand. Wenn du deinen Verstand nicht benutzt, bist du selber schuld, sagt er.

Georges. Ich nenne ihn nicht Papa, weil er irgendwie kein typischer Vater ist. Nicht schlecht oder so, nur anders. Sylvie, meine Mutter, ist schon eher Maman. Früher jedenfalls.

»Den Dickschädel hast du von deinem Vater, Léon.« Sagt Sylvie. Mal sagt sie es vorwurfsvoll, wenn er wieder ausgebüxt ist. Immer runter zum Hafen, immer aufs Wasser. Mal stolz. Du lässt dir nichts vormachen. Mal traurig. Du fragst mich ja nicht mal, Léon. Du machst einfach.

Scheiße, ich muss ihnen mal wieder 'ne E-Mail schreiben. Wie lange haben wir uns nicht gesehen? Fast ein Jahr? Ich schaff das einfach nicht. An Bord vergisst man, dass es da draußen eine Welt gibt, die sich weiterdreht. In der Georges von der Île d'Aix jeden Morgen in die Fabrik fährt, um an seinen Seltenen Erden herumzutüfteln. Vielleicht nachmittags noch an der Uni von La Rochelle vorbeischaut, um ein Seminar am Institut für Umwelttechnik zu halten. Eine

Welt, in der er jeden Tag den Moment hinauszögert, nach Hause zu kommen. In seinen kontrolliert biologischen Kokon, in dem nur noch Sylvie und Fabien leben, ohne Léon. Der, sei mal ehrlich, auch abgehauen ist.

Fabien ist achtundzwanzig und arbeitet in einer Behindertenwerkstatt auf der Insel. Sylvie bringt ihn morgens hin und holt ihn nachmittags wieder ab. Dazwischen rockt sie den ganzen anderen Kram, so ein ökologischer Haushalt kostet eine Menge Zeit und Geduld. Sie hat ihren Gemüsegarten hinter dem Haus. Das alte Bauernhaus, das sie selbst umgebaut haben, Stück für Stück. Keine fünfhundert Meter vom Strand. Ein Windrad im Hof, auf der Insel weht ja immer was. Sonnenkollektoren auf dem Dach. Unsere Familie, ich meine, wir sind wirklich Selbstversorger. Und nicht erst, seitdem du Solarpanels im Baumarkt kaufen kannst.

Léon erinnert sich, wie die Leute seine Eltern als Spinner bezeichneten, schon als er noch zur Inselschule ging. Vor allem Georges ist nicht beliebt, ein wortkarger Sturkopf, der nur aus sich rauskommt, wenn es sich um sein Lieblingsthema dreht: Umweltzerstörung, Naturschutz und so weiter. Keiner, der mit den Fischern in der Kneipe sitzt. Ein Sonderling. Rechthaber. Ökospießer. Das kommt nicht gut an, wenn du acht bist. Und dein Bruder der Spasti.

Keiner auf der Insel weiß, warum Georges mit seiner Familie hergezogen ist. Man nimmt an, weil PKWs verboten sind, zieht die Île d'Aix eben solche Typen an. Georges aber ist auf der Flucht. Wenn es stimmt, was Léon als Junge alle Jahre mal zu hören bekommt, wenn Georges ein Glas Rotwein getrunken hat und nicht stumm über irgendwelchen Zahlen brütet. An seinem Schreibtisch, vor sich den karierten Block, später den Computer. Der Rücken, den sie alle drei nur von hinten sehen, bleibt derselbe.

»Du bist doch ein paranoider Spinner!«, schreit Léon viele Jahre später diesen Rücken an. Bevor er das Haus verlässt und nicht mehr wiederkommt.

»Wenn du meinst, Konsum-Arsch«, antwortet Georges und dreht sich nicht um.

Die Geschichte ist krass, ob so krass, wie Georges behauptet, ist Léon eigentlich egal. Fakt ist, dass Georges wohl mal ein stinknormaler junger Geologe war, der nach der Uni direkt zum französischen Multi Peñarroya ging, weil die eben Geologen suchten. Sie schickten ihn und seine Frau in ein Minengebiet nach Andalusien. Georges war zufrieden mit seiner Arbeit, kam gut mit den spanischen Bergleuten klar und bezog ein Häuschen direkt am Mittelmeer, in einem alten Fischerdorf. Ohne Bettenburgen und Feriensiedlungen, das gab es damals noch an der Costa Blanca. Sylvie legt ihren ersten Garten an und zieht Gemüse wie die anderen Frauen im Dorf. Dann kommt Fabien zur Welt. Ein Schock für die beiden, Georges und Sylvie, weil Fabien so ist, wie er eben ist. Besonders.

»Dein Bruder ist besonders, Léon, kein Spasti. Merk dir das ein für alle Mal.«

Léon liebt Fabien, damit das nur keiner in den falschen Hals kriegt. Er würde jeden umbringen, der Fabien was tun will. Weil Fabien wie ein besonderer Stein ist.

Léon hat früher an Wintertagen stundenlang mit Georges über ihrer Quarzsammlung gehangen. »Warum ist der hier teuer und der nicht?«

»Weil er selten ist.«

»Aber der andere leuchtet viel mehr, wenn man ihn in die Sonne hält.«

Fabien leuchtet auch. Erst haben sie es gar nicht gemerkt, nur dass er schwierig war und immer schrie. Dann haben sie gecheckt, dass was nicht stimmt. Dann kamen die Schlauchboote.

Sylvie sagt, das war der Tag, an dem Georges zu dem Georges wurde, den wir heute kennen. Drei Schlauchboote von der *Sirius*. Die erste offizielle Aktion von Greenpeace Spanien, im August 1986. Sie stellen sich in Schutzanzügen vor das Rohr und fangen die Drecksbrühe mit ihren Körpern ab. Machen sie sichtbar für jeden, der es noch immer nicht kapiert hat. Die Drecksbrühe, die jeden Tag aus dem Lavadero Roberto, der Waschanlage, in der die Erze ausgewaschen werden, ins Meer läuft. Das Bild geht um die Welt.

Georges beginnt daraufhin, Bodenproben zu nehmen. Er stellt fest, dass der Bleigehalt im Boden des Dorfes, in dem sie leben, mehr als zwanzigmal höher ist als der zugelassene Höchstwert für Männer. Von schwangeren Frauen gar nicht zu reden. Er findet noch andere Stoffe, direkt am Strand, wo sie sonntags baden gehen.

Arsen. Schwefel. Der volle Horror.

Georges bringt Sylvie und Fabien zu den Großeltern und verklagt seine eigene Firma. Er ruiniert sich für den Prozess. Die Mine wird sowieso geschlossen, weil sie keinen Ertrag mehr bringt. Man legt ihm nahe zu kündigen. Er weigert sich. Der Konzern wird verkauft, zerschlagen, gibt sich neue Namen. Georges wird regulär entlassen. Und klagt weiter. Bis er eines Tages auf dem Weg zurück ins Dorf die Kontrolle über sein Auto verliert. Nur knapp verfehlt er eine tiefe Schlucht. Er behauptet, jemand hat auf seine Reifen geschossen. Die Polizei behauptet, es war ein Unfall.

Dreitausend Familien in der Umgebung der Mine, die ihr Einkommen verloren haben, machen entweder Greenpeace oder den verrückten Geologen dafür verantwortlich.

Georges haut mitten in der Nacht ab, holt Sylvie und

Fabien und zieht mit ihnen auf die Île d'Aix. An der Universität von La Rochelle wird der Master-Studiengang Sciences pour l'Environnement gegründet. Sylvie wünscht sich ein zweites Kind. Léon wird geboren. Léon, das Strandkind. Augen so grün wie der Atlantik.

Léon, dessen erste Lektion ist: »Sieh dich um, was siehst du, Junge?«

»Ich sehe den Strand und das Meer, Georges.«

»Ja, Léon? Und was siehst du noch?«

»Nichts, Georges.«

»Sieh genau hin. Es sieht aus wie der Strand und das Meer. Aber vielleicht lauert darin der Tod, Léon. Trau niemandem, der dir sagt, das ist doch nur ein Strand am Meer. Und jetzt gehen wir nach Hause zu Sylvie und Fabien.«

Léon schlägt die Augen auf und grinst. Kein Wunder, dass er diesen sechsten Sinn für das Meer hat. Sicher dich ab. Trau niemandem.

Guter alter Georges. Rebell.

Er wollte nie so werden wie sein Vater. So verbohrt und unglücklich. Kein Kauz. Kein Sonderling. Aber klar ist doch was hängengeblieben. Dieser krasse Sinn für Gerechtigkeit. Deswegen hat er Benzin in den einen Kanister gefüllt. Deswegen hat er dem Typ auf dem Boot zugeflüstert: »Wartet auf mein Zeichen. Dann haut ihr ab. Und bringt ihn ins Krankenhaus.« Den Syrer.

Weil Mehta, der manipuliert Leute wie Schachfiguren. Erst den Illegalen mit der Kopfverletzung. Dann die Leute in dem Boot. Am Ende landen die allesamt im nächsten Flieger nach Hause, und alles war umsonst. Nur Mehta reibt sich die Hände und ist fein raus.

Léon hätte den Kapitän einweihen müssen. Schon damals, als ihm klar wurde, dass die beiden Partyknaller abgetaucht waren und Mehta aus Versehen zu wenige von Bord geschickt hatte. Spätestens heute, eben gerade, bevor der Inder seinen Report gemacht hat.

Hat er aber nicht.

Weil er sein Leben hier behalten möchte. Also hat er einen anderen Weg gefunden, die Sache wieder geradezubiegen.

»Sie sind da!« Kiyan hat die *Salvamar Rosa* geortet. In Sichtweite in zehn Sekunden. »Neun, acht, sieben. Hoch mit dir, Moret!«

Léon ist sofort hellwach. Auch so eine Berufskrankheit.

Mit drei Schritten ist er vorne an der Scheibe. Der Himmel ist jetzt dunkelgrau. Ein Blitz erleuchtet das Helideck am Bug.

Da ist die *Salvamar Rosa*, ganz in Orange. Und wieder weg, im Wellental.

Léon wünscht den Männern im Zodiac Glück.

Hoffentlich kommt ihr durch.

Draußen donnert es.

Warum geht ihm jetzt dieses Lied durch den Kopf?

Despite all my rage
I am still just a rat in a cage
Then someone will say
What is lost can never be saved
Despite all my rage
I am still just a rat in a cage
Now I'm naked
Nothing but an animal
But can you fake it
For just one more show
The world is a vampire

Seamus Clarke

»Sláinte na bhfear!«, brüllt er rüber zu den Männern auf dem Schlauchboot. Bleibt gesund! Halbe Drehung auf einem Bein. Uh, Gleichgewicht halten. Seamus hebt sein Guinness: »Agus go maire na mná go deo!«

Ja, mögen die Frauen ewig leben! Runter mit dem Zeug.

Das tut gut. Schade, dass Kelly beim Bingo ist. Denn der Wunsch gilt natürlich in erster Linie dir, my luv. Unseren Töchtern und ihren Töchtern und allen Frauen Irlands.

Ha! Keiner mehr hier draußen auf Deck, nur weil es ein bisschen weht. Wo seid ihr alle, Saftärsche? Hat es die feinen Herrschaften nach drinnen verschlagen?

Im Pub war's gemütlich, ja, das war es. Schön an seinen Stammtisch hat er sich verzogen, oben in die dunkle Ecke. Von da aus hat er alle im Blick, die über das Promenadendeck schlendern und shoppen, als gäb's kein Morgen. Kelly beim Bingo, das ist ja nun eher Frauensache. Seamus im Pub, das liegt wieder ihr nicht so, das Gedränge, der Schweiß. Wobei natürlich um diese Zeit nicht viel los ist. Die britischen Herrschaften trinken ja erst nach fünf und der Kontinent nach acht. Da sieht man sofort, was ein Ire ist. Er steht also am Tisch mit dem Pint in der Hand. Und dann läuft dieser Typ vorbei, so ein blonder Großer. Seamus sieht den nur aus dem Augenwinkel. Und denkt schon wieder: Kevin.

So könntest du aussehen, Kevin. So könntest du heute aussehen, du bist fünfzig so wie ich, wir stehen hier zusammen und trinken unser Pint, und unsere Frauen sind zusammen oben beim Bingo, Kevin. Meine Kelly und deine – Mary? Gib's zu, du warst in sie verknallt. Drei Jahre älter als wir, die Königin der Seifenkisten, die hatte keine Angst. Mary. Nicht vor der Straßenecke unten und nicht vor den verfluchten Briten.

Kevin.

Weißt du, Kevin, mein Hals ist ganz trocken. Ich hole uns noch ein Pint. Klar, Mann. Seamus geht zur Theke, wo der Barkeeper schon das nächste Guinness abfüllt.

Hier bin ich wieder. Sláinte, Kevin. Auf dein Wohl. Diese Jungs da draußen, diese Jungs in dem Boot. Die haben mich an uns erinnert. Wir haben uns vorgestellt, zusammen nach New York abzuhauen. Und Mitglieder der irischen Mafia zu werden. Reiche Gangster oder so was in der Art. Es ist so verflucht grau in Belfast, wenn man dreizehn ist, Kevin. Erinnerst du dich? Wir waren ja schon mitten im Krieg damals. Mit zehn marschiert, in den Reihen der Fianna Éireann, weißt du noch, man nannte uns die Jugendorganisation der IRA. Aber eigentlich waren wir doch nur die Kids aus Turf Lodge, aus Falls, aus ganz West Belfast, die es satthatten, auf dem Rückweg von der Schule britischen Panzern auszuweichen. Die es satthatten, dass ständig jemand beim Abendessen fehlte, weil er verhaftet worden war. Die es satthatten, jeden Morgen aufzuwachen mit dem flauen Gefühl, dass es heute schlechte Nachrichten im Radio geben wird. Weißt du, Kevin, dass ich immer noch jeden Morgen die Nachrichten höre? Und jedes Mal macht mein Herz diesen winzigen Hüpfer, wenn ich mir meinen Kaffee einschenke und das Grundig-Radio einschalte. Na klar funktioniert der noch, der alte Kasten. Deutsche Wertarbeit. Made in

Belfast. Der Manager wurde damals von der IRA entführt. Die Fabrik geschlossen. Mein Vater Chris Clarke hat da gearbeitet, aber das weißt du ja.

Kevin.

Und weißt du auch noch, dass mein Dad immer mit diesem Aufnahmegerät durch die Gegend lief? Ich weiß nicht, ob er damit angefangen hat, als es losging mit den troubles, oder schon vorher. Vielleicht hat er es billig bei Grundig gekauft. Ein tragbares Tonbandgerät. Dieses Sammeln, das hab ich von ihm, das kannst du wohl sagen. Den hielt nichts zu Hause, nach Feierabend, am Wochenende: immer raus. Stundenlang lief er durch die Gegend und nahm Töne auf. Kurze Gespräche mit den Nachbarn über dies und jenes. Explosionen. Das Geschrei an den Barrikaden. Rennende Menschen. Atemlose Berichte von Augenzeugen. Stapelweise Tonbänder liegen bei mir im Keller. Meine Brüder meinen, das Familienarchiv soll zusammenbleiben. Und ich bin der Hüter dieser historischen Sammlung.

Meinst du, ich hab sie mir einmal angehört? Ehrlich, Kevin, ich hab nicht den Mumm dazu. Mein Dad und meine Mum sind beide tot, erst er, dann sie ein paar Jahre später. Er war ein besonderer Mann, mein Dad. Es hat ihm zu schaffen gemacht, das Töten, das Sterben, die Wut um uns herum. Das hab ich auch von ihm.

Aber was ich dir erzählen wollte. An dem Tag, du weißt schon, an dem du – also, damals war mein Dad auch wieder draußen.

Ich will gerade los, da kommt er zurück.

»Nichts da«, sagt mein Dad. »Du gehst nicht raus. Zu gefährlich.«

»Aber ich muss doch –«

Nichts zu machen. Ich hab mir kurz überlegt, einfach

abzuhauen, aber er sieht mich mit diesem Blick an. Als könnte er meine Gedanken lesen. »Ab nach oben.«

Ich also nach oben. Hab dann aus dem Dachfenster geguckt.

Und ich sehe dich noch da an der Ecke auf mich warten, Kevin.

Und ich frage mich: Was wäre, wenn mein Dad zwei Minuten später nach Hause gekommen wäre? Wäre ich dann rüber zu dir gelaufen? Wären wir heute beide hier? Wäre ich gestorben, und du wärest statt meiner hier?

Ich hab mich immer schuldig gefühlt. Zuerst war ich rasend vor Wut. So wütend, dass ich gleich voll einsteigen wollte. Aber sie haben mich nicht genommen, ich wär noch zu jung, sagten sie. Fast auf den Tag genau zwei Jahre nach deinem Tod wurde ich verhaftet. Sie kamen zu uns nach Hause.

Bumm! Bumm!, hämmert es gegen die Tür. Mein Dad ist wieder unterwegs. Meine Schwester öffnet die Tür, Deirdre, sie hat später nach Toronto geheiratet. Die Bullen fragen nach Seamus. Eigentlich, da bin ich sicher, waren sie hinter Rob her. Aber entweder jemand hat ihnen aus Versehen den falschen Namen gesteckt, oder sie haben uns einfach verwechselt. Jedenfalls, bevor ich abhauen kann, schleppen sie mich schon nach draußen. Ich war fünfzehn! Und ab nach Castlereagh, in die Höhle des Löwen.

Drei Tage Verhör. Ich hab nichts gesagt. Nur dass ich zur IRA wollte, aber sie mich nicht gelassen haben. Das Urteil: zwei Jahre Hausarrest. Jeden Tag ab achtzehn Uhr zu Hause rumsitzen. »Lass dich ja nicht draußen blicken, Junge.«

Alles hab ich nur noch durch das Dachfenster gesehen. Verstehst du, Kevin? Diese Luke, nicht mal ein Quadratmeter. Ein Quadratmeter Leben. Ich hatte die Nase voll, Kevin.

Ich war jung, ich wollte tanzen, Musik hören, Motorrad fahren. Ich war neunzehn, Kevin, als ich geheiratet hab. Jetzt bin ich fünfzig und zweifacher Opa. So ist das.

Ich brauch frische Luft. Kommst du mit raus?

So ist er ganz allein hier draußen auf dem Deck gelandet. Jawohl, eine frische Brise tut immer gut. Das Nebelhorn tutet. Heilige Mutter Gottes, das zerreißt einem ja das Trommelfell.

Hab ich richtig gehandelt, Kevin? Oder bin ich ein jämmerlicher Feigling? Ich weiß es nicht. Vielleicht weißt du's. Ja, du da draußen in dem Schlauchboot. Mit dem roten Tuch.

Kevin!

Seamus stellt das leere Bierglas neben die Tür. Ganz schöner Seegang. Deck 4 hebt sich und senkt sich, hebt sich und senkt sich. Erste Regentropfen verirren sich unter die Rettungsboote, die über der Reling angebracht sind.

Trotzdem, Seamus zieht die Videokamera aus der Tasche. Macht den Objektivdeckel ab. Routine, Handgriffe zigmal ausgeführt, tröstlich.

Seamus filmt.

Sag mal, täusche ich mich? Bewegt sich das Schlauchboot? Oder ist das nur der Wind? Ey, die hauen ab. Ich glaub, ich spinne.

Seamus nimmt die Kamera runter und blinzelt ins diesige Grau. Es donnert. Die Maschinen unter ihm summen.

Wer fährt? Fahren sie? Fahren wir?

Wir fahren.

Das sieht nach einem Sturm aus.

»Auf euer Wohl, Männer, kommt gut an. Auf dein Wohl, Kevin. Möge die heilige Mutter Gottes euch beschützen.«

Es lebe die verfluchte *Titanic*. Aufrecht dem Untergang entgegen. Sie ist in Belfast vom Stapel gelaufen, die *Titanic*. Die haben jetzt ein ganzes Museum da gebaut. Für ein Schiff, das verdammt noch mal mit Mann und Maus untergegangen ist. Wie morbide ist das denn? Wie können wir in einer Stadt leben, die nichts hervorgebracht hat als Tod und Verderben?

Heute ist Formal Night. Da führe ich meine Lady im vollen Ornat zum Dinner. Die sollen ruhig staunen. Wir sind Iren. Wir feiern die Feste, wie sie fallen. Bei Wind und Wetter.

Seamus wirft einen letzten Blick auf die raue See. Deck 4 liegt jetzt völlig verlassen, auf dem Boden breitet sich Wasser aus, das zu einer spiegelnden Fläche wird.

Zischend öffnet sich die automatische Tür. Drinnen kämpft sich die philippinische Combo noch erbärmlicher als sonst durch die aktuellen Charts.

Seamus beschließt, sich ein Stündchen hinzulegen.

Salvamar Rosa

Diego Martínez

Die Unwetterfront kommt ihnen von Norden her direkt entgegen. Die Felsen von Cabo de Palos sind von einem Moment zum anderen nicht mehr zu sehen. Böen fegen mit Windstärke acht, neun über das bleigraue Meer. Er steht am Bug, da kommt der erste Brecher, und die *Rosa* beginnt zu stampfen wie ein wütendes Tier.

Abwärts.

Seine Augen scannen jeden Quadratmeter Wasser, den sie erwischen. Seine Gedanken lässt er frei.

Es war der fünfte März 1938, als Commandante Luis González Ubieta am Bug der *Libertad* die republikanische Flotte genau hier entlang von Cartagena nach Palma de Mallorca führte. Eigentlich war es bereits später Abend, aber egal. Man sieht ja auch so kaum noch die Hand vor Augen. Die beiden Kreuzer und die fünf Zerstörer fuhren verdunkelt. Ihr Ziel war es, in den Hafen von Palma einzudringen und die Nationalisten dort mit einem Angriff zu überraschen. Plötzlich bemerkte Ubieta ganz in der Nähe schwarze Umrisse: Schiffe, große Schiffe. Die beiden Flotten umkreisten einander in der Dunkelheit, keiner eröffnete das Feuer, keiner wollte sich durch die Mündungsblitze zur Zielscheibe machen. Am Ende waren es die Faschisten, die zuerst die Nerven verloren.

Seine Gedanken schnellen zurück. Die müssen doch irgendwo treiben! Gleich bricht hier die Hölle los. Diego hängt sich mit seinem ganzen Gewicht vorne zwischen die Metallstangen der *Rosa*.

Nichts zu sehen.

Die *Spirit of Europe* entfernt sich schnell. Die wollen heute Nacht noch bis Mallorca. Ist auch kein Spaß bei dem Wetter. Mit lauter kotzenden Urlaubern an Bord. Diego würde eigentlich ganz gerne mal eine Kreuzfahrt machen. Mit der ganzen Familie. Na ja, vielleicht später. Wenn er das Geld dafür hat. Wenn die Zeiten besser sind. Wenn er überhaupt erst mal eine eigene Familie hat. Vielleicht.

In seinen Ohren plärrt der Funk. Der patrón brüllt Cartagena an, weil sie den cruceiro zu früh weggeschickt haben. Und jetzt finden wir das gottverdammte Schlauchboot nicht.

Wo ist der Hubschrauber?

Alicante. Zu weit. Soll trotzdem kommen.

»Siehst du was?« Das gilt wohl ihm. Diego klopft von außen gegen den Helm. Das verdammte Headset hat einen Wackelkontakt. Er hebt die Hand, Daumen runter. Negativ.

Man stellt sich das so einfach vor. Das weite Meer. Ein einzelnes Boot. Kann man ja wohl nicht verfehlen. Aber diese pateras sind wie Gelatine. Die schwabbeln da zwischen den Wellen, zu klein für den Radar.

Der patrón knallt den Suchscheinwerfer an.

Da vorne! Ist da was? Er wischt sich mit dem Ärmel über die Augen.

War wohl nur eine Täuschung.

Der Wind zerrt an seinem Overall. Er dreht sich um. Da steht das Mädchen. Ach du liebe Güte, die hat er ganz vergessen. Sie hat die Decke um die Schultern gezogen und gestikuliert. Mädchen, du fliegst ja weg! Er legt ihr eine

Hand auf die Schulter und schiebt sie mit der anderen langsam, aber sicher in Richtung Kajüte. Die Tür lässt sich kaum öffnen. Gischt klatscht von hinten auf seinen Overall.

Endlich drin. Der patrón hängt immer noch am Funkgerät. Er zeigt nach unten. Sie soll da rein. Eine Bank, ein Tisch, kein Luxus. Aber besser als nichts.

Er deutet auf die Thermoskanne. »Hot coffee!«

Sie will was sagen, aber er muss wieder raus.

»I must be out. You understand?«

Sie nickt.

Wieder raus. Der Lärm ist im ersten Moment ohrenbetäubend. Der Sturm ist da. Es donnert. Mühsam kämpft er sich Schritt für Schritt wieder nach vorn, zum Ausguck.

Nichts.

Selbst wenn sie die finden, wie soll er sie bloß an Bord kriegen bei dem Seegang. Das ist der kritische Moment. Eine falsche Bewegung, einer zu hektisch, zu aufgeregt, und schon kippt das Gummiboot. Viel zu instabil sind die Dinger. Und wenn die Leute erst mal im Wasser liegen. Die meisten können nicht schwimmen. Die ertrinken vor deinen Augen. Und du kannst nichts tun. Das ist das Schlimmste.

Spaniens schlimmste Schiffskatastrophe.

Da hat er doch vorhin schon mal dran gedacht.

Sein abuelo hat nur ein einziges Mal davon gesprochen. Von dem Tag, an dem er zusehen musste, wie eintausendvierhundertsechsundsiebzig Männer vor seinen Augen im Meer ertranken. Diego war noch ein Junge, das muss in den späten Achtzigern gewesen sein. Franco war endlich weg. Der Großvater bekam einen Orden und musste Brandy trinken. Kein großer Redner, sein abuelo, wie alle Männer aus der Familie Martínez. Aber an diesem Tag redete er.

Die ganze Familie hörte zu. Die Kinder atemlos, unter dem Tisch, hoffend, dass niemand sich an sie erinnerte und sie ins Bett schickte. Diego hat die Szene wieder und wieder mit seinen Playmobilfiguren nachgestellt.

Siebter März 1939. Ein Jahr nach der Schlacht vom Cabo de Palos, kurz vor Ende des Bürgerkriegs. Katalonien war bereits in die Hände der Frankisten gefallen. Nur Cartagena hielten die Republikaner noch mit Mühe und Not. Da brach der Aufstand los. Die Faschisten sahen sich schon als Sieger und schickten ihre Flotte aus dem Norden, um Cartagena einzunehmen. Die republikanischen Schiffe flohen übers Mittelmeer. Doch die Republikaner schlugen mit letzter Kraft den Aufstand nieder. Sie brachten die mächtigen Geschütze auf den Festungen um Cartagena wieder unter ihre Kontrolle. Ein Schiff der Frankisten nach dem anderen machte kehrt. Nur die *Castillo de Olite* fuhr weiter. Sie fuhr ohne Funkkontakt, denn das Gerät war kaputt. Sie passierte als einziges Schiff der Flotte die Isla de Escombreras. Die Soldaten nahmen an, dass die anderen Schiffe bereits den Hafen eingenommen hatten. Sie sangen nationalistische Lieder und hissten ihre Flagge. Es donnerte ein Schuss aus der Kanone über Escombreras. Er streifte das Schiff.

Die Gesänge verstummten.

Der zweite Schuss ging fehl. An Bord brach Panik aus.

Der dritte landete einen Volltreffer im Munitionsdepot. Die *Castillo de Olite* brach auseinander. Männer, oder Teile von ihnen, flogen weit durch die Luft. Vor den Augen der Fischer von Escombreras. Sie sahen ihre Feinde sozusagen vor der eigenen Haustür verrecken.

Diego Martínez und die anderen Fischer dachten nicht lange nach, sie liefen zu ihren Booten und fuhren hinaus.

Im Laufe einer Nacht zogen sie Hunderte von verletzten, zitternden Männern aus dem kalten Wasser. Viele wurden bei dem Versuch, in die viel zu kleinen Fischerboote zu klettern, von den eigenen Kameraden umgebracht.

Danach holten sie die Toten an Land.

Die Republikaner nahmen ihnen die Überlebenden ab und schafften sie weg. Sie murrten über die Fischer, die unbedingt Faschisten retten mussten.

Fünfundzwanzig Tage später war der Krieg zu Ende. General Franco wurde als Sieger gefeiert.

Ein paar Wochen danach kamen wieder Soldaten ins Dorf, diesmal Francos Garde. Sie suchten nach der Schiffskasse der gesunkenen *Olite*. Die Frau des Leuchtturmwärters, eine glühende Faschistin, schickte sie zu den Fischern. Die Soldaten nahmen alle Männer des Dorfes mit und steckten sie ins Gefängnis. Die Kasse blieb verschwunden.

So war das damals. Die Fischer mussten dafür bezahlen, dass sie die Leute gerettet hatten.

»Und weißt du was, Junge?« Der abuelo zog den kleinen Diego unter dem Tisch hervor. Der hatte sich vor Aufregung in die Hose gepinkelt, aber dem Alten war das egal. »Ich würd's wieder tun. Weißt du auch, warum?« Diego weiß es nicht. »Wir, die Fischer von Escombreras, wir lassen uns von niemandem vorschreiben, was richtig und was falsch ist!«

Es donnert. Diegos Blick wandert wie von selbst in Richtung Küste. Dorthin, wo immer noch die alten Kanonen auf den Gipfeln stehen.

Doch die Küste ist verschwunden hinter einer Wand aus Regen. Weit und breit nur das Meer.

Kein Schlauchboot.

Er fühlt sich hilflos. Machtlos. Kraftlos.

Erst der tote Junge, und jetzt ist das Schlauchboot weg. Wir kommen immer zu spät. Das Mittelmeer füllt sich mit Toten wie ein Massengrab. Und wir gehen baden, am Wochenende, an den Stränden von El Portús oder Portmán.

Reiß dich mal zusammen, Diego Martínez.

»Es hat keinen Sinn, soll der Hubschrauber weitersuchen.« Die Stimme des patrón scheppert in seinen Ohren.

Diego lässt die Stangen los. Er merkt erst jetzt, dass seine Hände trotz der Handschuhe ganz steif sind. So sehr hat er sich festgekrallt.

Er taumelt nach hinten. Wirft sich gegen die Tür.

Und ist drinnen.

Der patrón, Jorge heißt er, hat vollauf damit zu tun, die *Rosa* auf Position zu halten. Diego nimmt den Helm ab. Die Hände zittern. Er braucht jetzt dringend einen Kaffee. Der Durchgang nach unten ist so eng, dass er im Overall kaum durchpasst.

Die Frau lehnt an der Wand der Kajüte und hat die Augen geschlossen. Diego setzt sich leise daneben und schüttet sich Kaffee ein. Er schielt nach links, er will sie nicht anstarren. Wer weiß, ob sie wirklich schläft. Sie ist schön, nicht ganz so jung, wie er dachte. Eine Falte auf der Stirn. Sie bewegt sich, die Falte wird tiefer, als ob sie Schmerzen hat.

Wenigstens dich habe ich lebendig aus dem Wasser gezogen. Du Schöne, wie bist du an der Hafenmauer von Cartagena gelandet? Warum wolltest du dich ins Wasser stürzen? Oder bist du ausgerutscht?

Er will das wissen. Er hat sie gerettet, ihr Leben war in seiner Hand. Er hat das Bedürfnis, dieses Leben zu beschützen, als sei es besonders wertvoll. Besonders zerbrechlich. Ein Leben gegen zu viele Tote. Das ist sein Geschäft mit dem Teufel an diesem Tag.

Sie stöhnt im Schlaf. Die Falte wird noch tiefer. Er sieht hin, ganz kurz, dann wieder weg. Nimmt einen Schluck Kaffee. Ganz langsam, wie in Zeitlupe, spürt er zuerst das Rollen des Schiffes unter sich, dann den Körper des Mädchens, der gegen seinen eigenen drückt, bis ihr Kopf an seiner Schulter liegt.

Nicht bewegen.

Lass uns so sitzen.

Für immer.

Spirit of Europe | Deck 7

Lalita Masarangi

Vor den Panoramafenstern der Suite spielt sich ein Wetter-spektakel ab wie in dem Film *2012*. Der über den Welt-untergang. Lalita vergisst für einen Moment, warum sie hier ist. Die Frau im Rollstuhl räuspert sich. »Wir haben nicht viel Zeit. Meine Schwester kann jeden Moment zurück-kommen.«

Es donnert.

»Ja natürlich. Entschuldigen Sie, Ma'am. Was kann ich für Sie tun?« Lalita hat das Gefühl, ihr platzt gleich der Kopf. Dieser Tag scheint kein Ende zu nehmen. Immer noch im Dienst. Immer noch keine Ahnung, wo Jo steckt.

»Sie suchen noch nach ihm, nach dem Sänger?«

Lalita nickt. Deswegen hat die alte Frau sie herbestellt? Hat die sonst nichts zu tun?

Sie stellt sich so ins Licht, dass sie Frau Malinowski rich-tig sehen kann. Was heißt richtig, sie guckt ihr von oben auf den Kopf. Das silberne Haar fällt in seidigen dünnen Strähnen vom Seitenscheitel aus bis über die Ohren. Vorhin war sie noch nicht so krumm. Ich kann ihre Augen nicht sehen. Sie ist mir unheimlich.

»Ma'am, Sie haben einen Diebstahl gemeldet? Bitte sagen Sie mir, was Sie vermissen. Und seit wann.« Bleib beim Pro-tokoll, Sicherheitsschulung. Sachlich bleiben. Nicht in per-sönliche Gespräche verwickeln lassen. Aufmerksam, aber unverbindlich. Der Passagier hat immer recht. Erfüllen Sie sich einen Traum. Westliches Mittelmeer.

Mein Kopf. Albtraum.

»Ich fürchte, es ist etwas passiert.« Die alte Frau spricht nach unten, wie zu sich selbst. Kann ja den Kopf nicht heben. Warum eigentlich nicht? Warum werden Menschen so krumm? Lalita würde sie am liebsten geradebiegen.

Was soll das heißen? »Ma'am. Tut mir leid, ich verstehe nicht –«

»Kommen Sie mit.« Sie trippelt mit den Füßen vorwärts und bewegt so den Rollstuhl zentimeterweise durch die Suite.

Lalita trippelt neben ihr her und kommt sich blöd vor.

»Öffnen Sie den Safe.«

Was soll das jetzt? Ist das eine Falle? Die anderen erzählen sich Geschichten, abends in der Crewbar. Von Passagieren, die sich einen Spaß draus machen, jemanden aus der Crew eines Vergehens zu überführen. Dann schauen sie seelenruhig zu, wie du gefeuert wirst und im nächsten Hafen von Bord gehst. Just for fun. Wie krank ist das denn.

»Öffnen Sie ihn. Ich nenne Ihnen den Code.«

Und dann? Dann steh ich da vor dem offenen Safe. Und die Schwester kommt. Und findet mich so. Allein mit der hilflosen alten Frau. Lalita schüttelt den Kopf. »Wir dürfen nicht –«

Frau Malinowski unterbricht sie. Es klingt wie sehr lautes Laubgeraschel. Wenn man mit den Füßen durch das Herbstlaub schlurft. »Herrgott, Mädchen, Sie sehen doch, dass ich nicht drankomme!«

»Beruhigen Sie sich! Bitte.« Also gut. Wenn sie unbedingt will. Wird schon nichts passieren. Sie geht vor an den Safe und wartet, bis die Frau hinter ihr die vierstellige Zahlenkombi nennt.

Der Safe springt auf. Lalita sieht Schmuckkästchen, diese altmodischen, aus blauem und rotem Samt. Daneben, ordentlich nach Farben gestapelt, eine große Menge Chips aus dem Casino.

Und davor. Oh nein.

Sie nimmt es in die Hand. Ein silbernes Dreieck, abgerundete Ecken, ein Loch drin. Eingraviert ein springender Delfin. Die *Dolphins at Dawn*.

Sein Plektrum. Er trägt es an einer Silberkette um den Hals. Er nimmt es nur ab, wenn er Gitarre spielt. Sein Glücksbringer.

Wie kommt das hierher? In diese Suite? Zu der deutschen Frau?

»Erinnern Sie sich, ob er es gestern Nacht getragen hat?«

Natürlich erinnert sie sich. Natürlich hat er es getragen. Er hat es niemals abgelegt. Ein Geschenk von Bella, seiner Großmutter. Bella, die Freiheitskämpferin. »Du erinnerst mich an sie, Gurkha Girl.« Lalita dreht sich um, das Plektrum in der Hand, und geht in die Hocke. Sie muss das Gesicht sehen.

Die Augen blinzeln von unten zu ihr hoch, hinter der goldumrandeten Brille. »Ich fürchte, meine Schwester hat irgendwie mit dem Verschwinden Ihres Freundes zu tun.« Sie macht eine hilflose Geste mit den Händen.

Lalita nimmt die Hände in ihre. Sie sind eiskalt. »Können wir Ihre Schwester fragen?«

Frau Malinowski schüttelt den Kopf. Energisch. Okay. Das also nicht. Hat sie Angst vor ihrer Schwester? Sie ist wahrscheinlich auf sie angewiesen. Aber Lalita muss wissen, was mit Jo geschehen ist. Sie ist jetzt sicher, dass etwas nicht stimmt. Er hätte das Plektrum niemals freiwillig abgelegt.

»Soll ich es melden?« Wieder das Kopfschütteln. Ja, nein, das bringt nichts. Keine Beweise. Und Nike will alles, bloß keinen neuen Stress.

Okay.

Das Casino. »Ihre Schwester spielt regelmäßig im Casino?« Nicken. Und Jo hat da angeblich gearbeitet, behauptet der Bassist. War die Schwester gestern Nacht auch da?

Sie weiß es nicht. Ihre Medikamente sind zu stark. Sie schläft wie ein Stein.

Lalita schlägt vor, die CCTV-Kameras noch mal zu checken. Über tausend Kameras an Bord, da muss doch eine was aufgenommen haben.

Frau Malinowski ist entsetzt. Diese Überwachung. Ist ja furchtbar. Wo bleibt denn da die Privatsphäre.

Lalita schiebt sie über den Flur zum Fahrstuhl. »Es geht doch um Ihre eigene Sicherheit, Ma'am.«

Die Frau hat ihre Tabletten vergessen. Noch mal zurück zur Suite. Wieder am Fahrstuhl. Warten. »Sind hier auch welche? Überall? Werden wir jetzt auch überwacht?«

Lalita muss lachen. »Stellen Sie sich das nicht so vor. Da sitzen nicht zwanzig Leute und gucken rund um die Uhr, was in jedem Winkel des Schiffes passiert. Wir können die Kameras per Hand aktivieren. Maximal vier gleichzeitig. Die Daten werden gespeichert. Die Leute fühlen sich sicherer.«

»Ich nicht.« Sie fühlt sich beobachtet. Überwacht. Sie ist in so einem System aufgewachsen. Alle wurden überwacht. Niemand konnte ihnen entkommen. »Sie sind naiv, junge Frau.«

Na klar, sie ist naiv. Wird ja immer besser. Ihr Freund ist weg, die Schwester hat was damit zu tun und sie ist naiv.

Der Fahrstuhl hält an. Sie schiebt Frau Malinowski auf den Broadway.

Besser, wenn sie nicht zu viele Leute sehen. Der Broadway ist für Passagiere strikt verboten. Keine Ausnahme. Hier unten haben die nichts verloren. Kein Ort für Traumurlauber.

Andererseits ist Lalita Security. Security darf alles.

»Oh, graues Linoleum«, raschelt es unter ihr im Rollstuhl.

»Sagen Sie nichts. Bitte.« Sie soll jetzt mal die Klappe halten. »Halten Sie Ihre Füße hoch.« Sie gibt ordentlich Gas. Je eiliger sie es haben, desto weniger Fragen.

Gesichter.

Neugierig. Müde. Genervt.

»Achtung! Hier kommt ein Notfall.«

Aus dem Rollstuhl ertönt leises Kichern.

»Psst.«

Alle machen Platz. Die Frau sieht einfach zu erbärmlich aus, wie sie da in ihrem Stuhl hängt.

Lalita parkt Frau Malinowski hinter ein paar Möbeln, die zur Reparatur sollen. Sie sind mit Gurten an der Wand befestigt. »Nicht rühren.« Kann sie ja sowieso nicht.

Sie biegt in den Quergang ein, der zu den Büros führt. Das ist eine gefährliche Stelle. Hier laufen alle möglichen Offiziere rum. Personalabteilung. Maschinisten. Safety. Security.

Sie schlüpft in ihr Büro. Im angrenzenden Konferenzraum ist Nike auf Videokon mit Miami. Sie muss auf volles Risiko gehen. Jetzt oder nie.

Kurz darauf hat sie den Rollstuhl mit Hängen und Würgen in das fensterlose Büro gezwängt. Sie verriegelt die Tür von innen, wirft sich in den Schreibtischstuhl und aktiviert die vier CCTV-Monitore.

»Ich kann nichts sehen«, jammert Frau Malinowski. Fällt ihr Kopf mit jeder Minute weiter auf die Brust, oder bildet Lalita sich das ein? Die Frau erinnert sie an einen Vogel. Einen Vogel, der sich zum Sterben bereitmacht.

Unsinn.

Sie schiebt den Rollstuhl so dicht es geht neben sich. Mit links hält sie die Maus. Mit rechts greift sie von hinten um den Kopf, legt ihre Hand auf die Stirn und zieht vorsichtig.

»Stärker!« Sie ist gierig. Gierig nach dem Blick nach vorn. Endlich wieder ein Stück von der Welt sehen.

So, weiter geht's nicht.

Und los.

Lalita klickt sich durch die Kameras. Sie hat keinen Zugriff auf das Material aus dem Casino. Aber das Casino hat zwei Zugänge. Es bildet sozusagen das Herz des Schiffes, an dem es kein Vorbei gibt. Alles ist so gebaut, dass die Passagiere da hindurch müssen, wie die Fliegen: Wer schwach wird, der bleibt kleben. Und wird ausgesaugt.

Sie aktiviert die beiden Kameras und jeweils die nächste, die den Raum dahinter erfasst. Lobby Bar und Fahrstühle.

»Da! Meine Schwester.« Lalita sieht die Frau nur von hinten. Sie hält sich aufrecht. Unbestimmtes Alter. Sie stöckelt rein.

Dreiundzwanzig Uhr.

Null Uhr.

Lalita spult vor.

Irgendwann, viel später, kommt Jo ins Bild.

Kommt gleich wieder raus. Holt sich einen Drink an der Bar. Trinkt schon im Gehen. Geht rein.

Raus, rein, raus, rein.

Du trinkst zu viel, Jo. Was soll das werden?

Kurze Pause. Frau Malinowski fällt wieder zusammen wie eine Marionette ohne Spieler. Sie stöhnt vor Schmerzen. Lalita zerreißt es das Herz. Sie dehnt ihre verspannten Schultern.

Weiter. Wir haben keine Zeit mehr.

Okay. Forward. Da kommt die Schwester. Eine harte Frau. Reich und alt. Lalitas Härchen an den Armen richten sich auf. Eine mächtige Gegenspielerin.

»Folgen Sie ihr. Bleiben Sie an Wiltrud dran.«

Wie will dieses gebeugte, zerbrechliche Wesen es mit der da aufnehmen? Das kann doch gar nicht gehen. Lalita lässt ihre Finger über die Tasten fliegen. Wiltrud läuft von Kamera zu Kamera. In den Fahrstuhl. Durch den Flur. Zu ihrer Suite. Tür zu.

Das war's. Wir haben uns geirrt.

Vielleicht hat sie das Plektrum irgendwo gefunden.

Leerer Flur.

Zurück zum Casino?

»Nein. Warten Sie.«

Das hat doch keinen Sinn.

Forward.

»Es tut mir leid, Lalita.« Ja, ja, ihr tut es leid. Diese krumme alte Frau bemitleidet sie. Weil da Jo den Flur runtertorkelt, statt bei ihr zu sein. Durch das Fischauge der Kamera wirkt er völlig verloren. Lost. Er sieht kurz nach oben. Ihre Hand zuckt. Warum hast du nichts gesagt, Jo?

Geh weiter.

Geh weiter.

Mach, dass er weitergeht.

Jo bleibt stehen. Er klopft. Leise. Wiltrud öffnet die Tür. Jo verschwindet in der Suite.

Lalita hat sich die Lippen blutig gebissen. Sie kann das Blut nicht abwischen, ihre Hand hält immer noch den Kopf aufrecht. Die andere Hand an der Maus. Wie festgewachsen.

Mach weiter.

Tür auf. Jo kommt raus, hetzt den Flur runter. Wie von Geistern gejagt. Die Schwester hinterher, ihr Haar offen. Was hat sie in der Hand?

Zoom ran.

Geld. Hunderteuroscheine.

Weiter.

Sie streiten im Flur. Er nimmt das Geld. Wieder dieser Blick nach oben. Als wüsste er, dass du das irgendwann später sehen wirst, Lalita. Als wäre dies eine Inszenierung, nur für dich bestimmt. Warum, Jo? Warum machst du das?

Er nimmt die Frau bei der Hand. Sie folgt ihm.

In den Fahrstuhl. Sie fahren nach oben. Stumm.

Deck 12. Da sind sie. Jo zieht sie weiter, bis zu der künstlichen Graslandschaft des Golfareals. Das Grün leuchtet hell im kalten Licht der Bordscheinwerfer. Für Lalita ist es giftgrün. CCTV ist schwarzweiß.

Die Überwachungskamera ist genau in der Mitte des Vorderdecks angebracht. Die Szene entfaltet sich in Zentralperspektive, wie ein Tableau. Wie auf einer Bühne.

Jo lacht. Er wirkt jetzt fröhlich. Überfröhlich.

Sie tanzen.

Von rechts nach links. Aus dem Bild.

Nächste Kamera. Backbord. Lalita ist wie unter Strom. Sie fühlt ihren Arm nicht mehr, der den Kopf der alten Frau hochhält.

Das Paar in Schwarzweiß, tanzend, von schräg oben. Stummfilm. Bizarr. Sie tanzen direkt über den Seitenfenstern der Brücke.

Lalita zoomt ran.

Wiltrud hat die Augen geschlossen. Jo nicht.

Er lässt sie los. Sie taumelt.

Er sieht in die Kamera. Wieder dieser Blick.

Er zieht sie zu sich. Wiltrud von hinten.

Er küsst sie.

Jo lässt sich fallen, rückwärts.

Oder hat sie ihn gestoßen?

Überwachung nützt gar nichts.

Du siehst alles. Und du weißt nichts.

Weine, Lalita.

Was willst du sonst machen.

Schlauchboot (o. N.)

Karim Yacine

Geh ran.

Geh ran.

Geh ran.

Das Signal wird schwächer.

Wir müssen hier weg. Schnellstens.

Karim hockt unter der Plane und umklammert die Steuerpinne des Motors. Drei Stücke dünne Plastikfolie hat er dabei. Eine für die fünf am Bug, eine für den Lehrer, Abdelmjid, den schlafenden Cousin und den Verletzten. Eine für sich und den Motor. Die beiden Jungs haben Kapuzen und machen auf harte Männer.

Blindflug.

Ob mit oder ohne Plane, er sieht sowieso nichts. Unter ihm wobbelt das Boot auf und ab, als wäre es flüssig. Der Motor schlingt das frische Benzin gierig wie ein Raubtier in sich hinein und knattert mit voller Kraft. Karim hat nur das Tosen des Sturms in den Ohren, aber seine Hände spüren die Vibration, und er fühlt die Kraft der Maschine im Körper. Er starrt auf sein Handy. GPS ist noch aktiviert. Du musst die Richtung halten. Das spanische Festland liegt im Westen. Da wollen wir hin.

Was ist los mit Zohra? Warum geht sie nicht ran?

Karim würde sein Leben gern um eine Stunde zurückspulen. Er würde gern die Furcht über Bord werfen, die ihn bei dieser Fahrt fest im Griff hatte. Zum ersten Mal. Die Furcht macht ihn klein und feige.

Er fürchtet, dass Zohra ihn verlassen wird.

Er fürchtet den Abschiebeknast von Murcia.

Er fürchtet den Tod.

Er fürchtet den Moment, in dem er endlich mit Zohra allein ist. Allein in ihrem Haus in den Bergen. Wenn Zohra die Decke anhebt, die über dem schwarzen Jahrzehnt liegt. Fragen stellt, die sich ausdehnen, weil es keine Antworten gibt.

Frankreich ist neutrale Zone, ist Transit. Dort können wir zu anderen Menschen werden. Obwohl wir durch die Franzosen zu denen geworden sind, die wir sind. Eine verschlungene Acht ohne Ausweg.

Das Schweigen brechen.

Das Schweigen brechen ist ein guter Ausdruck.

Etwas zerbricht. Für immer.

Gib sie nicht frei.

Kämpfe um dein Leben.

Dieser junge Franzose mit dem Kanister voller Benzin hat ihm ein Leben geschenkt. Nimm es, mach was draus. Nimm das Zeichen an. Deine und Zohras Zukunft, sie liegt in Frankreich. Nicht in Algerien. Algerien wird eure Liebe töten. Sie ersticken, mit seiner großen dunklen Decke.

Es donnert.

Die Plane ist voller Regentropfen, sie legt sich um seinen Körper. Karim fühlt sich, als wäre er in Zellophan eingeschweißt. Ich will nicht ersticken.

Mit der linken Hand reißt er die Plane ab. Wind und Regen treffen seine Haut.

Ich lebe!

Mit dieser Erkenntnis tritt auch sein Verstand wieder in Kraft. Denk nicht nur an dich. Du hast zehn Männer und einen Schwerverletzten auf diesem Boot. Bring sie in Sicherheit. Gib ihnen die Freiheit.

Zum ersten Mal sieht er hinter sich. Schon sehr weit weg verschwindet das Passagierschiff in einer Wand aus Regen. Ein Blitz zuckt über den dunkelgrauen Himmel. Der Bruchteil einer Sekunde, das Schlauchboot auf dem Gipfel der Welle, reicht aus. Leuchtendes Orange. Das Boot der Seenotrettung ist da. Es ist schnell, hat die stärkeren Maschinen.

Doch Karim hat einen Vorteil. Wir sind die Unsichtbaren, les invisibles. Mit all eurer Technik, eurem Radar, euren Schnellbooten könnt ihr uns nicht aufspüren. Wir verstecken uns zwischen den Wellen.

Als das Zodiac wieder ins Wellental hinabstürzt, dreht Karim bei. Jetzt kann er parallel zur Welle bleiben, wenn er die Geschwindigkeit hält. Das GPS verschwindet in der Tasche. Sein innerer Radar springt wieder an.

Er scannt den Himmel. Gib mir ein helles Stück, eine Nuance nur. Der Lehrer steckt den Kopf unter der Plane hervor, als hätte er bemerkt, dass sich etwas verändert hat.

»Ich bringe euch an Land!«, brüllt Karim.

Er spürt den Motor nicht mehr.

Er surft.

Er fliegt.

Gen Westen.

Da werden wir an Land gehen. An einem schwarzen Strand, der ist nicht zu verfehlen vom Meer aus. Ein schwarzer Strand, den er auf Google Maps entdeckt hat. Wenige Häuser. Kein Hafen.

Dieser Strand ist das Tor zu allem, was wir brauchen. Eine Zukunft für euch da vorne am Bug. Ein Laden, der etwas anderes verkauft als immer nur Datteln, für Abdelmjid.

Vergessen, irgendwann vielleicht, für den Cousin, der seinen Bruder verloren hat. Die neuesten Games für die Kids aus dem Viertel. Französische Bücher für den Lehrer. Ein Krankenhaus für dich, unbekannter Freund.

Und für dich, Karim?

Wirst du den Mut haben, Zohra um Verzeihung zu bitten?

Karim surft.

Dreht sich nicht um.

Nach einer Ewigkeit – Minuten oder Stunden? – erhebt sich in der Ferne ein Hügel aus dem Dunst. Es muss eine Insel sein. Die Insel scheint in der Luft, über dem Meer zu schweben.

Wo sind wir?

Da sieht er links von der Insel eine Fackel. Ihre Flamme leckt am tiefen Himmel. Sieh nur, sie reißt ihn auf! Berge materialisieren sich aus dem Nichts.

Er drosselt den Motor.

Er wird das Zodiac ganz langsam zwischen die Felsen dieser Insel steuern. Dort wird er warten, bis die Dunkelheit kommt.

DIE NACHT DANACH

Spirit of Europe | Deck 6

Sybille Malinowski

Sybille sieht die Schuhe von dem Mann und ahnt, was kommt. Er steht breitbeinig, so dass sie mit dem Rollstuhl nicht vorbeikönnen.

»Good evening, my Ladies!« Sie kann das aufgesetzte Grinsen in seinem Gesicht riechen. Auf gute Umgangsformen hat sie immer Wert gelegt, die stecken einem im Blut. Aber nichts ist ihr mehr zuwider als falsche Freundlichkeit. Andressierte Kunststückchen, nicht anders als bei den Tanzbären im Zirkus. Sie hört Wiltrud den Gruß knapp erwidern. Da sind sie sich ähnlich. Wenn jetzt nur nicht –

»Wash your hands, please.« Er steht wie eine Eins. Wird sie nicht durchlassen, wenn sie ihre Hände nicht unter den Desinfektionsautomaten halten. Der Rollstuhl bleibt direkt vor der Plastiksäule stehen. Wiltruds Hände ergeben sich widerwillig in ihr Schicksal.

Sybille kichert leise. All die sündhaft teure Handcreme. Zum Teufel.

Dank plastischer Chirurgie und aufwendiger Kosmetik sieht ihre kleine Schwester an guten Tagen bei schmeichelhafter Beleuchtung aus wie Mitte fünfzig. Doch ihre Hände sind die einer alten Frau.

»Mach schon, Sybille!«

Ja doch! Ich bin längst fertig. Nur die Hände haben noch nicht mal angefangen. Sieh nur, wie sie zittern. Unkontrolliert. Wie kleine Tiere, ganz und gar unabhängig von mir und meinem Willen.

Oh. Das Desinfektionsmittel ist kalt.

Die Hände flattern davon.

Die Hälfte der Soße fließt weiter auf den Teppich.

Recht so.

Sie wird weitergeschoben. Nur gut, dass sie ihren Tisch ganz oben haben, direkt an der Balustrade. So kann sie runtergucken auf die Köpfe der Dinierenden in der ersten und zweiten Ebene.

Und zu Claus.

Guten Abend, Claus, mein Freund.

Ein Verehrer ganz nach ihrem Geschmack. Alte Schule in Vollendung. Die Fotografie prangt im Zentrum der Freitreppe nach unten. Der Reeder Claus Goldstein im Smoking, lässig an der Reling eines Passagierdampfers. Seines Passagierdampfers. Amerika-Europa-Linie, zwischen Hamburg und New York.

Ach, wie gerne sie da mitgefahren wäre. Wiltrud und ihr Mann waren unter den ersten Passagieren. Während sie im Sanitätshaus gearbeitet hat, um Ulrichs Facharztstudium zu finanzieren. Von den beiden Kindern gar nicht zu reden.

Claus Goldstein, eine Figur wie aus dem Märchen. Wohlhabende jüdische Familie. Hat die halb verhungerten Hamburger nach dem Ersten Weltkrieg in seiner privaten Suppenküche durchgefüttert. Wurde unvorstellbar reich mit Autoimporten aus den USA. Die ersten Passagierschiffe zwischen Europa und Palästina. Auf einem davon wurden Max und seine Schwester vor den Nazis in Sicherheit gebracht. Welche Wendungen doch das menschliche Schicksal bereithält. Sybille hatte keine Ahnung. Jener Goldstein, der ihren Cousin in eine Zukunft jenseits von

Auschwitz befördert hat, jener Goldstein, den die Nazis 1937 verhafteten und enteigneten, zwei Jahre später die Emigration in die USA, seine Frau hat ihn praktisch in letzter Sekunde herausgekauft. Jener Goldstein, der nach dem Krieg keinen größeren Traum hatte, als die Passagierschifffahrt zwischen Amerika und Europa wieder zum Leben zu erwecken. Jener Goldstein ist der Vater der Firma, die heute eine Aktiengesellschaft namens Gold Cruises ist, mit Sitz in Miami.

»Sybille!«, zischt Wiltrud, die ihr gegenübersitzt.

Neben ihnen tafelt seit Southampton ein britisches Ehepaar samt Sohn, Schwiegertochter und zwei Enkeln. Die Großeltern sehen aus wie einer dieser furchtbaren amerikanischen Serien entsprungen, so onduliert.

»Good evening«, säuseln sie. Der Anhang fehlt. Auf der Eislaufbahn seien sie, wird ungefragt berichtet. An Wiltrud selbstverständlich. Sybille in ihrem Rollstuhl wird gemieden wie eine Aussätzige.

Das Gespräch plätschert dahin. Golden Cruise Card, Star Lounge, Gratisdrinks. Eventuelle Verspätung in Mallorca. Wegen dieses Zwischenfalls am Nachmittag.

»Zwischenfall?«, wirft sich Sybille ins Gespräch, so scharf sie kann. »Das sind doch Menschen! Menschen in Not, keine –«

Die Frau unterbricht sie mit lauter Stimme. »Das ist einfach ärgerlich, wenn man als letztes Schiff anlegt. Die kaufen einem ja die besten Sachen vor der Nase weg, nicht wahr, darling?«

Der Kellner kommt. Ein neuer heute Abend. Der alte war Alexander aus Griechenland.

Ein Schwarzer. Er heißt Oke. Seine Füße haben eine Fehlstellung. Könnte man behandeln. Auch Oke spricht mit Wiltrud, er spult mechanisch die üblichen Empfehlungen des Küchenchefs ab. Jetzt setzt Wiltrud bestimmt die Brille auf, studiert die Menükarte, die Weine.

Oke wartet.

Sybille betrachtet seine Füße. Einlagen wären sicher hilfreich.

»Was darf ich den Damen heute servieren?«

Wiltrud bestellt. Vorspeise zweimal Ceviche von Meeresfrüchten, Hauptgang Gebratenes Schollenfilet mit dem Kartoffel-Artischocken-Gratin für meine Schwester und den Lammrücken in der Thymianreduktion für mich. Und den Sauvignon Blanc für uns beide. Wiltrud bestellt immer den zweitbilligsten Wein auf der Karte. Wein kostet extra.

»Ich möchte nichts essen.«

»Wie bitte?« Sie stellt sich vor, wie Okes Blick von ihr zu Wiltrud flieht.

»Sybille!«, zischt Wiltrud wieder.

»Ich möchte nichts essen.«

»Aber, Madam, das Essen ist –«

»Das Essen ist umsonst. Ist mir bekannt, und ich möchte nichts essen.« Sybille hat sich auf diesen Moment vorbereitet. Mit beiden Händen abstützen.

Kopf, hebe dich.

Na ja, ein paar Zentimeter.

Sie sieht die Martinigläser der Royals mitten in der Luft schweben. Sybille nennt sie die Royals, weil sie sie seit dem ersten Abend ständig damit langweilen, wie wichtig die Monarchie für England ist.

Sybille hat genug.

Der Kampf mit dem Besteck wird jeden Tag schwieriger. Die Blicke, die sie nicht sieht, aber spürt wie Nadelstiche.

Wie unangenehm.

Der Kellner, Alexander oder jetzt eben Oke, der ihr die vollgekleckerte Serviette mit einer eleganten Handbewegung abnimmt.

Es reicht. Ab morgen wird sie in ihrer Suite dinieren.

»Ich esse nicht.«

Wiltrud, da bist du ja. Ich weiß nicht, wie lange ich den Kopf oben halten kann.

»Sei still!«, unterbricht sie ihre Schwester, die ansetzt, ihr einen Vortrag zu halten. Oke macht, dass er wegkommt. »Hör mir zu. Hol dein Dings da raus, dein Tablet.«

Wiltrud gehorcht. Erstaunlich. Sie nimmt ihre Gucci-Tasche und zieht das Ding heraus.

»E-Mail.« Ach, wäre ihre Stimme nur so fest wie früher. So ist es nur der halbe Spaß. »Und Sie kümmern sich um Ihre eigenen Angelegenheiten!«

Die Royals zucken zurück. Ich glaube, die haben mich gerade das erste Mal angesehen. Jawohl, ich bin ein denkender Mensch!

Wiltruds Finger gleitet fahrig über den Bildschirm.

Sybilles Hals schmerzt unerträglich.

Sie lässt innerlich los.

Ihre Hand greift nach der Balustrade. Ah, jetzt habe ich wieder Goldstein im Blick. Lächelt der etwa? Gefällt dir meine kleine Show, Claus? Er zwinkert ihr zu.

Er hat gezwinkert.

Wirklich.

Wiltrud hat jetzt sicher die E-Mail mit dem Film gefunden. Diese peinliche Szene.

Ihr junger Liebhaber.

Das Ende eines Traums.

Mein Gott, Wiltrud.

Sybille betrachtet Claus Goldstein und stellt sich vor, wie

sie zusammen einen vollendeten Walzer tanzen, unter dem Kronleuchter. Herrlich.

»Was soll das, Sybille?«, flüstert Wiltrud.

»Wir spielen ein Spielchen.« Konzentriere dich auf deine Stimme, Sybille. Sprich laut und deutlich.

Sie hat es sich genau überlegt.

Die Kreuzfahrt endet in Monte Carlo. Die berühmte Spielbank dort wird Wiltrud nicht auslassen wollen.

»Wir spielen ein letztes Spiel, kleine Schwester. Um alles oder nichts.«

Dein Haus. Dein Vermögen. Deine Freiheit. Alles auf eine Karte. In Palma gehen wir zum Notar, und du überschreibst mir alles. In Barcelona lasse ich mir von meiner Bank einen Wechsel ausstellen. In Monte Carlo werden wir spielen. Wenn du am Ende der Nacht gewonnen hast, gehe ich ins Heim, so wie du es vorgeschlagen hast. Wenn du verlierst, ziehst du zu mir in mein geliebtes Haus an der Alster. Keine Angst, du wirst nicht meinen Hintern abwischen müssen. Das können andere besser. Du wirst mir Gesellschaft leisten. Mich in die Oper begleiten. Ab und zu eine Reise. Solange es eben geht. Zu meinen Bedingungen.

Du findest das lächerlich, Wiltrud? Wirklich?

Nun, die Hamburger Regenbogenpresse wird dieses Video bestimmt auch lächerlich finden. Besonders wenn ich noch ein paar Details bekanntgebe.

Wie verzweifelt du versucht hast, dir die Liebe dieses jungen Mannes zu erkaufen.

Eine Frau deiner Herkunft, Wiltrud.

Du solltest dich schämen.

Spirit of Europe | Deck 9

Seamus Clarke

Schwankt das Schiff? Schwanke ich?

Seamus kriegt den gottverdammten Sea Pass nicht in den Schlitz der Kabinentür.

Die Tür zur Außenkabine gegenüber geht auf. »Miles?«, schreit eine Dunkelhaarige. Ihre Möpse fallen fast aus dem Morgenmantel. Amerikanerin, tippt Seamus. Einmal rundumerneuert. Er folgt ihrem Blick den leeren Flur hinunter.

»It's just me here, luv«, knurrt er.

Sie scheint ihn erst jetzt überhaupt wahrzunehmen. Murmelt irgendwas. Und bang. Weg ist sie.

Es ist nämlich so. Auf diesem Schiff herrscht der pure Klassenkampf. Wer eine Suite zahlt, der kann dinieren, wann er will, kriegt immer eine Liege auf dem Sonnendeck, Gratisdrinks und bestimmt noch den Hintern abgewischt von irgendeinem Pawel oder Stanley. Wer eine Außenkabine mit Balkon hat, kauft damit automatisch die Eintrittskarte zum Dinner um acht, kriegt ein breiteres Grinsen vom Kabinensteward und darf die Leute von gegenüber schief angucken.

Kelly und seine Brüder haben es gut gemeint.

Dinner um sechs. Kabine mit Fenster.

Immerhin. Es gibt auch welche ganz ohne.

Endlich öffnet sich die verdammte Tür. Ist gerade Tag oder Nacht? Schon wieder vergessen. Das Fenster geht raus auf die Promenade.

Indoor. Kein Tageslicht.

Vor dem Juwelierladen läuft noch der Designer Watch Sale. Männer reißen sich gegenseitig protzige Uhren vom Handgelenk. Wer hat den Längeren. Na, zeig schon. Kreditkarten blitzen auf.

Kelly sitzt mit ein paar Mädels aus Dublin vor dem Café und lässt sich die Show nicht entgehen. Sie trinken bunte Getränke mit Obstscheiben am Rand. Ihr Blick flitzt zu ihm hoch. Sie winkt.

Seamus winkt zurück. »Amüsier dich, mein Mädchen.« Du hast es verdient.

Er macht einen Schritt rückwärts und stößt gegen die Bettkante. Etwas berührt ihn an der Schulter.

»Damned!«

Heute ist es ein Affe.

Jeden Abend ein anderes Tier, aus Handtüchern gedreht und gefaltet. Alles für ein gutes Trinkgeld. Der Affe schaukelt leise vor sich hin.

Niedlich ist der nicht.

Er meidet den Blick der Gestalt und setzt sich an den Schreibtisch. Verbindet die Kamera mit seinem Laptop und kopiert die Bilder rüber. Vertraute Handgriffe. Seamus sei ein Tekkie, meint Kelly. Vormittags, wenn sie zur Arbeit ist und er nicht mehr schlafen kann, daddelt er stundenlang am Rechner herum. Lädt Sachen auf seine Facebook-Seite, tauscht sich mit Freunden aus. Folgt seinen Lieblingskanälen. Guckt, was drüben in der Republik los ist. Hört Musik.

Ohne die Flatrate hätte er keinen Fuß auf dieses Schiff gesetzt. Arme Kelly. Alles kostet extra. Da kommt ganz schön was zusammen.

Als die dunkle Französin an der Rezeption ihnen beim

Einchecken gesteckt hat, dass da noch mal Trinkgeld in Höhe von zwölf Dollar erwartet wird, ist Kelly ganz blass um die Nase geworden. Pro Person und Tag! Und immer mit diesem Lächeln auf den Lippen. Sieht aus wie ein Supermodel und reißt dich lächelnd in den Tod.

Hat Seamus seine Kelly in den Arm genommen. »Lass mal stecken, Mädchen. Der Rest geht auf mich.« Muss er halt ein paar Schichten extra fahren.

Kopiervorgang beendet.

Jetzt kann er mit dem Hochladen anfangen. Er hat für die Reise extra einen Youtube-Channel eingerichtet. »Das bist du uns schuldig, kleiner Bruder. Jeden Abend wollen wir was sehen aus der Welt der Reichen und Schönen.« Er sieht sie vor sich, die anderen, bestimmt sitzen sie alle bei Rob oben. Der hat das größte Haus, gleich unterhalb des Black Mountain. Besitzt ein gut gehendes Fuhrunternehmen, Rob.

»Oh boys, heute kriegt ihr was Besonderes.«

Das war der Bauchklatscher-Wettbewerb. Und dann. Er scrollt durch die Bilder.

Ah, da ist es ja.

Mann, was für ein Gewackel, Seamus Clarke! Kriegst du schon Parkinson, oder was? Da wird einem ja beim Zugucken schwindelig.

Er stoppt das Bild, um später im Kommentar die genaue Zahl der Jungs auf dem Boot nennen zu können.

Elf sind es.

Rückzoom.

Die Meute an der Reling. Und wieder die Männer da draußen auf dem Meer. Zwei Welten. Ungleiche Welten.

Seamus wünscht, er hätte sich ein Bier mit raufgenommen.

Nächster Clip.

Da ist das Boot zu denen rübergefahren. Applaus. Das hat er von Deck 4 aus gefilmt. Jetzt kommen sie wieder. Mission accomplished.

Nächster Clip.

Ach ja, da ist er noch mal raus aufs Deck. Das muss kurz vor dem Gewitter sein. Kann mich gar nicht erinnern. Hab wohl ganz schön einen im Kasten gehabt.

Seamus grinst.

Moment mal.

Stopp.

Er zählt.

Noch mal.

Zwölf.

Geht noch mal in den anderen Clip.

Elf.

Hellwach jetzt. Wie im Krankenhaus. Hat alles im Blick. Vorher elf. Dann fährt das Rettungsboot raus zu denen. Nachher zwölf.

Seamus lehnt sich zurück.

Einer mehr auf dem Schlauchboot.

Was hat das zu bedeuten?

Es gibt nur eine Erklärung.

Eine einzige.

Jemand von diesem Schiff ist jetzt da draußen auf dem Schlauchboot.

»Kevin.«

Ach Quatsch. Reiß dich zusammen, Seamus Clarke. Kevin ist tot. Tot seit siebenunddreißig Jahren.

Er dreht sich um und starrt den blöden Affen an.

Du bist nur aus Handtüchern gemacht.

Es gibt keine Geister.

Seamus denkt nach.

Warum hab ich kein Bier mitgebracht, verdammt.

Was tun.

Man muss was tun.

Sind hier Schlepper an Bord, oder was? Gibt's ja nicht. Auf einem Vergnügungsdampfer. Oder doch?

Findet man in diesem verdammten Internet mal irgendjemanden, der ihm eine einfache Frage beantworten kann? Seamus klickt sich durch seine zweihundertdreiundvierzig Freunde. Sind doch alles alte Knacker.

No, wait. Stopp mal.

Da, Fiona, die Zweitälteste von Rob. Studiert Jura in Bologna. Er scrollt durch ihr Profil. Hat die nicht neulich diesen Link zu einer NGO gepostet, die sich um Flüchtlinge im Mittelmeer kümmert? Ja, 'ne richtige kleine Querulantin ist die, Fiona. Ganz der Vater. Immer gegen die Mächtigen.

Seine Finger fliegen über die Tasten. »Guck dir das mal an, Fiona.« Er postet den Youtube-Link und schreibt ihr eine kurze Nachricht.

Send.

Soll die sich mal die Zähne dran ausbeißen. Jung und voller revolutionärer Energie. Können einem ja leidtun, die Jungen. Die wissen gar nicht, wohin damit. Das Problem hatten wir nicht.

Steht auf. Streckt sich. Geht zum Fenster.

Die letzten Designeruhren wechseln den Besitzer.

Kellys Drink ist fast leer.

Auf geht's, alter Freund. Die Dame möchte heute noch das Tanzbein schwingen. Lass uns das Leben genießen, Kelly, Liebe meines Lebens.

Auf irische Art.

Und nächstes Jahr fahren wir wieder nach Donegal?

Weißt du noch, wie sie uns früher immer durchsucht haben, auf der Strecke von Derry rüber in die Republik?

Jedes Mal.

Straßensperren. Die haben unsere Namen im Pass gesehen. Zwei Stunden Schikane. Mindestens.

Und dann wieder los. Tief durchatmen. Raus aus Belfast. Raus aus dem Wahnsinn. Das reinste Paradies.

Donegal.

Baden im eiskalten Meer. Bis uns die Eier abfrieren.

Basteln an unserem alten Camper herum.

Besuchen Rob und die anderen in ihren Campern, die Straße runter.

Gehen abends in den Pub. Und fallen auf dem Rückweg in den Graben, so besoffen sind wir.

»Stimmt's, alter Freund?« Er gibt dem Affen einen kräftigen Stoß. Der schaukelt.

Und schaukelt.

Und schaukelt.

Als Seamus längst weg ist.

Spirit of Europe | Deck 12

Nikhil Mehta

Nike arbeitet sich exakt durch sein Programm. Erlaubt sich keinen Moment der Träumerei oder gar Ausgelassenheit. Soll er etwa hier herumtanzen oder was?

Er verwendet Stunden darauf, vor jedem Einsatz mit seinem Personal Trainer in Mumbai den Plan zusammenzustellen. Den zieht er durch. Komme was wolle.

Irgendwann ist Schluss mit lustig.

Dann kommt seine Zeit. Raus aus der Uniform.

Neunzig Minuten. Allein mit deinem Körper.

Zehn Minuten Intervallrudern zum Aufwärmen.

Er stellt die Beinpresse so ein, dass der Schmerz in den Oberschenkeln sofort einsetzt. Fünfzehn Mal. Kurze Pause.

Der Spa-Bereich ist um diese Zeit leer, die Gäste füllen sich die Bäuche, selbst die sportlichen unter ihnen. Einer dieser braungebrannten Nordeuropäer zwischen sechzig und achtzig liegt bewegungslos im Whirlpool. Ab und zu nippt er an seinem Cocktail. Alkohol im Fitnessbereich. Gold Cruises kennt kein Limit, wenn es ums Geldverdienen geht.

Move on.

Rüber zur Negativbank. Nike breitet sorgfältig sein Handtuch drüber und hakt sich ein. Jetzt sieht er den runden Raum verkehrt herum.

Sit-ups. Fünfzehn. Kurze Pause. Noch mal. Pause.

Ein Mädchen auf dem Cross-Stepper, ganz hinten.

Schlechtes Gewissen, zu fett. Die war um sechs beim Dinner und geht später noch Pizza holen.

Move on.

Rücken und Bizeps am Lat-Zug. Dreimal fünfzehn.

Kurzhantel-Rudern, fünfundzwanzig Kilo.

Er spürt das Brennen im Bizeps. Gut.

Lebt der überhaupt noch, der im Whirlpool? Über ihm hängt das Modell der *SS Spirit of Gold*.

Wieder so ein Zufall. Oder gibt es überhaupt Zufälle? Im ewigen Kreislauf von Leben, Tod und Wiedergeburt? Die *Spirit of Gold* ist die Mutter aller Schiffe von Gold Cruises.

Nike hat sie sterben sehen.

1996 am Strand von Alang, Gujarat. Nike, sein Bruder und sein Vater waren zur Sangh Shiksha Varga da. Ein endloser, wundervoller Sommer. Alang. Größter Schiffsfriedhof der Welt. Die Welt lädt ihren Müll bei uns ab. Die Worte seines Vaters. Eines Tages werden wir ganz oben mitspielen. Glaub mir, Sohn.

Er setzt sich auf die Bank. SZ-Stange, Curls, dreimal fünfzehn. Zwei Typen kommen rein. Neidische Blicke. Ja, guckt ruhig. Das Sixpack ist echt. Komisch ist, dass ihn niemand je erkennt. Du bist nur einer dieser dunklen Typen in Uniform. Ein Gesicht, das man sich nicht merken muss. Aber hier im Gym treffen wir uns auf Augenhöhe.

You always meet twice.

Er federt in den Stand, rüber zu den Holmen. Dreimal fünfzehn Dips.

Nike ist bereit für den Höhepunkt. Langsam zur Hantelbank. Legt auf.

Dreißig.

Fünfzig.

Er weiß, dass sie zusehen. Die beiden Typen.

Sechzig.

Heftig, das ist heftig.

Geschafft. Noch mal.

Gut, dass er sich den Booster gegönnt hat. Halbe Stunde vor Trainingsbeginn, und du bist nicht nur wach. Du bist voller Kraft. Du bist fokussiert.

Acht.

Neun.

Komm, einmal noch.

Zehn.

Der Schweiß läuft ihm in die Augen.

Er schnappt sich die Sechzehn-Kilo-Kurzhanteln und macht noch ein paar Fliegende.

Zum Schluss das Laufband. Er geht den Halbkreis der stillen Maschinen langsam ab und sucht mit Bedacht eine aus. Steigt auf. Testet den Blick.

Ja, das passt.

Intervall. Er startet auf Stufe zwölf. Den Rest erledigt die Maschine für ihn. Sie wird ihn in regelmäßigen Abständen bis auf sechzehn jagen. Rauf. Runter.

Vor ihm im Panoramaformat Sternenhimmel. Keine Spur mehr vom Unwetter.

Nike läuft sich in Trance.

Wir haben beinahe Vollmond.

Vor mir erstreckt sich ein silbernes Band bis zum Horizont.

Eine Bahn.

Mein Weg zu den Sternen.

Die E-Mail ist endlich da. Freispruch.

Frei.

Frei von Schuld.

Nach zwölf Jahren. Ein junger Polizist. In Gujarat. Indien.
Wir hatten Anweisung wegzusehen.

Von ganz oben, hieß es.

Wenn sie anrufen, um Hilfe bitten, legt ihr auf.

Vierundzwanzig Stunden.

Er hat weggesehen.

Er hat zugesehen.

Er läuft.

Er läuft mit.

Jetzt schneller. Das Band unter ihm rast. Sechzehn.

Das Band vor ihm. Wie aus gesponnenem Silber. Unendlich.

Mitläufer.

Der Mob rast.

Wir bringen sie um. Wir hacken sie in Stücke. Wir zünden ihre Häuser an. Wir nehmen Rache.

Niemand hat sich ihnen in den Weg gestellt.

Wir nehmen uns, was uns zusteht. Wir sind Hindus. Wir sind Indien. Jai Ram.

Der Junge, den diese NGO dazu überredet hat, ihn anzuzeigen, kann nicht mehr laufen. Ihm fehlt nichts. Er fühlt sich schuldig, sagen sie, weil er als Einziger aus seiner Familie überlebt hat. Wenn ihr mich fragt, ein Scharlatan. Er lebt jetzt bei Verwandten, sagen sie. In Sicherheit. Dürfte bald ein Mann sein. Vielleicht hat er dann den Mut, ihm Auge in Auge gegenüberzutreten.

Nikhil Mehta. Freispruch.

Aus Mangel an Beweisen.

Fünfzehn Fernseher springen gleichzeitig an. Franz, der die Nachtschichten im Spa schiebt, erscheint in seinem Sichtfeld. »Sorry, Officer. Die wollen News.«

Nike lächelt. Schon gut.

Der Zauber ist gebrochen. Menschliche Stimmen erfüllen den Spa. Putin erscheint auf der Mattscheibe über seinem Laufband. Er lächelt.

Nike lächelt zurück.

Sein Telefon klingelt.

Auto Stop.

Léon Moret

Léon küsst Mado. Mado glitzert heller als der künstliche Sternenhimmel in der Star Lounge. Sie ist so schön, dass es ihm den Atem raubt. Eine Königin.

Mado hat gleich ihren Auftritt. Sie steht auf Verwandlung. Morgens mit Uniform und Brille, abends Femme Fatale. Der Zweitjob ist ihre eigentliche Leidenschaft. Mado singt Nina Simone-Cover. Für das anspruchsvollere Publikum.

Sie löst sich von ihm und geht langsam zwischen den Tischen hindurch. Die alten Säcke starren sie an. Die Frauen wenden sich ab. Gedemütigt von ihrer Schönheit.

Oh Mann, diese Frau ist purer Sex. Léon möchte ihr hinterherrennen. Ihr das Paillettenkleid vom Leib reißen. Sie vögeln, hier, vor allen Leuten. Seht her, meine Frau.

Seine Frau. Ein Leben lang.

Geheiratet haben sie in Las Vegas. Nur ein paar Freunde eingeflogen. Mados Schwester. Ihre Eltern wollten nicht: Wir sind einfache Leute, das ist nicht unsere Welt. Und Georges und Sylvie? In Las Vegas? Never.

Das ist schon okay. Es ist unsere Welt. Unsere Party. Unser Leben. Als die Sonne aufging, hat sie für ihn gesungen, nur für ihn. Eine nackte afrikanische Göttin. Léon hat sich geschworen, sie für immer anzubeten. Im Herbst, wenn der Tross der Gold Cruises-Schiffe wieder rüber in die Karibik zieht, werden sie in Martinique an Land gehen.

Mados Leute stammen von da. Dann gibt es eine Riesenparty mit ihrem Clan.

»Du wirst der einzige Weiße sein, Léon, mein Schatz.«

So what?

Ich gehöre dir, Mado. Spiel mit mir, was du willst.

Sie steht vorne auf der kleinen Bühne. Der Spot geht an. Der Pianist beginnt zu spielen. Mado wirft ihm eine Kusshand zu. Die geilen Säcke verrenken ihre Hälse.

Guckt ihr ruhig.

Seht ihr die Streifen auf meiner Uniform?

Er dreht sich um und geht zur Tür. Für die nächsten Stunden gehört sie den anderen. Ihre Stimme folgt ihm, bis die Tür zufällt. Er bleibt noch einen Moment stehen. Unter ihm liegt das Pooldeck, darüber die Videoleinwand. Es laufen Musikvideos, stumm. Auf der kleinen Plattform darunter legt der DJ auf. Ein paar Mädchen tanzen. Ein Junge springt mit Klamotten in den Pool. An der Cocktailbar stehen sie Schlange, solange noch Happy Hour ist. Die tunesische Barkeeperin sieht hoch und lächelt ihm zu. Wie heißt die noch?

Léon sehnt sich nach der dunklen Stille auf der Brücke. Er sieht auf die Uhr. Lohnt sich nicht mehr, eine Runde FIFA zu spielen. Bleibt die Playstation halt mal aus heute. Er geht rüber zum Fahrstuhl und wartet auf die gläserne Kabine. Ein Paar steigt aus. Im Alter von Georges und Sylvie.

Was für eine Vorstellung.

In seiner ersten Saison auf dem Mittelmeer hat er sie von irgendwoher angerufen. »Wollt ihr nicht mal mitfahren?« Léon ist sicher, dass es Fabien gutgehen würde auf dem Schiff. Er liebt alles, was bunt ist. »Hey, ihr könnt Europa bereisen ohne das Problem, mit dem Rollstuhl ein Hotel zu finden.«

Sylvie lacht. »Léon, ist das dein Ernst? Georges auf Kreuzfahrt. Der ist eher auf dem Kreuzzug.«

Georges reißt ihr den Hörer aus der Hand. »Weißt du, wie viele Tonnen Diesel deine Dreckschleuder jede Woche verpulvert, Arschloch?« Und legt auf.

Léon tippt den Code ein. Die Tür zur Brücke geht auf. Der Gurkha lächelt. Léon lächelt zurück. Auf der beleuchteten Seite des Vorhangs sieht er die Silhouetten von Mehta und dem Kapitän. Er geht vorbei. Hört sich nach Ärger an: »... Mann über Bord, Mehta! Berichtet dieser spanische Arzt, und zwar direkt nach Miami. Wissen Sie –«

Léon tritt an die Scheibe. Bedeutet das, der Syrer ist schon im Krankenhaus?

Er horcht in sich hinein. Eher Neugier als Angst.

Die Sicherheit an Bord ist eindeutig Mehtas Baby.

Wow.

Wenn es den erwischt, das wäre so cool. Trifft auf keinen Fall den Falschen.

Léon schlendert rüber nach Steuerbord. Je weniger er von dem Gespräch mitkriegt, desto besser für ihn. Draußen jetzt sternenklare Nacht. Noch drei Tage bis zum nächsten Vollmond. Der weiße Schimmer auf dem dunklen Wasser erinnert ihn an Mado mit ihrem Paillettenkleid.

Mado.

Leuchtfeuer auf zehn vor zwölf. Spanische Küste. Wenn ihn sein inneres GPS nicht trügt, ist das circa die Höhe von La Mancha. Irgendwo da draußen in der Dunkelheit liegt der Strand, der Fabien im Mutterleib vergiftet hat.

Portmán.

Das Tolle ist, dass Georges am Ende seine Rache bekommen hat. Das Dorf erstickt an seinem giftigen Schlamm. Der hat nach und nach den Hafen verstopft und die ganze

Bucht aufgefüllt. Und jetzt kriegen sie den nicht mehr weg. EU-Projekt gescheitert. Private Investoren gescheitert.

Forever. Verseucht.

O-oh, der Kapitän kriegt jetzt wirklich schlechte Laune.

Léon grinst.

Mehta ist am Arsch. Der erstickt auch an seiner eigenen Giftsoße.

»Wachwechsel!«

Er nimmt unbewusst Haltung an.

Auf geht's.

Ein weiteres Mal.

Die Nacht des Skywalkers beginnt.

Hafen von Cartagena | Spanien

Diego Martínez

Da oben, auf dem höchsten der fünf Hügel, auf denen die Stadt erbaut wurde, stand einst der Tempel des Asklepios. Äskulap, griechischer Gott des Todes und der Heilkunst. Von den Römern übernommen und mitgebracht nach Carthago Nova, in die Hauptstadt ihres Reichs auf der iberischen Halbinsel. Warum sie gerade ihm hier einen Tempel erbauten, weiß man nicht. Vielleicht war es eine stürmische Überfahrt, oder sie hatten eine Krankheit an Bord.

Ein bärtiger Geselle ist Äskulap, mit dem Stock, um den sich die Äskulapnatter ringelt. Nicht nur wegen des Bartes fühlt Diego sich dem Gott nahe. Das Logo der spanischen Seenotrettung zeigt die Krone über dem Anker und ein gewundenes Seil, das ihn an Äskulap erinnert. Auch in seinem Leben liegen der Tod und die Rettung oft nur Millimeter auseinander. Heute hat der Tod gesiegt.

Diego spritzt die *Salvamar Rosa* ab. Sie liegt im vollen Schein ihrer starken Scheinwerfer im Becken der Hafenaufsicht von Cartagena. Die Schnellboote der Guardia Civil verstecken sich im Dunkeln. *Rosas* Orange leuchtet auf, wenn sein Wasserstrahl sie streichelt. Stück für Stück lässt er sie erglänzen. Sie ist anspruchsvoll, seine *Rosa*. Dafür lässt sie ihn ihr Temperament spüren, wenn der patrón die beiden Turbinen hochjagt. Sie hat keine Schraube wie andere Schiffe, aus Sicherheitsgründen. Sie hat Raketenantrieb.

Geduldig setzt er den Strahl zurück nach links, ein

schmaler Streifen fehlt noch. Er ist nicht besessen von seinem Boot, seine letzte Freundin hat das falsch verstanden. Sie war eine aus der Stadt, das konnte nicht gutgehen.

Was die Männer von Escombreras mit ihren Booten verbindet, versteht nur die Frau eines Fischers. Wenn sein Vater die *Florentina* putzt und sein Onkel die *Maria*, das ist die Zeit, wo ein Mann mit sich ins Reine kommt. Seine Ängste lässt er bei seinem Boot. Sie ist seine Vertraute. Sie weiß alles von ihm.

Diego stellt den Wasserschlauch ab und nimmt sich einen Lappen, um letzte Ölflecken zu entfernen. Die Bucht von Cartagena liegt still unter dem fast vollen Mond. Wo sind die Männer, nach denen sie heute gesucht haben? Wo sind all die Leute, nach denen er je vergeblich gesucht hat? Es müssen Hunderte sein, mittlerweile.

Auf den pateras verteilen sie die Nummer der Seenotrettung von Cartagena. »Wenn ihr in Schwierigkeiten seid, ruft da an.« Dann treiben die mitten auf dem Meer, finden irgendein Mobilfunknetz und rufen oben in der Zentrale an. Verstehst du? Die können telefonieren, aber sie sind trotzdem verloren, wenn wir sie nicht rechtzeitig orten. Die können trotzdem verdursten. Die können trotzdem ertrinken. Die können trotzdem von einem Frachter überfahren werden. Zwei Fahrrinnen müssen sie überqueren auf dem Weg von Algerien an die spanische Küste. Nachts. Ohne Licht. Unsichtbar für jeden Radar.

Wütend reibt er an dem letzten Fleck, der nicht abgehen will. Sie sind Schemen, all diese Verlorenen, wie die Graffiti auf der Hafenmauer. Wie die in den Overalls, die in die Busse nach Murcia verfrachtet werden.

Sie müssen hierbleiben.

Ich kann euch nicht mitnehmen.

Diego strafft sich. Er hängt den Lappen zum Trocknen über das blanke Metallgitter und geht nach drinnen, um die Lampen auszuschalten.

Die *Rosa* wird sich ihrer annehmen. Sie ist eine barmherzige Seele, ihre Divenhaftigkeit ist nur Show. Ohne Eifersucht hat sie Zohra aufgenommen und ihr Trost und Schlaf gespendet.

Zohra. Ein Gesicht wie eine Madonna. Eine Madonna des Schmerzes und der Traurigkeit. Augen, die älter sind als der Rest ihres Körpers. Wie sie von Bord geklettert ist. Wie in Zeitlupe. Als müsste sie sich zwingen.

Der patrón hat mit ihr den Papierkram erledigt. Sie hat sich umgesehen, die Hand gehoben. Ist langsam die Mole entlang in die Dunkelheit verschwunden.

Und er? Wie ein Idiot hat er dagestanden, den Schlauch in der Hand. Er starrt für einen Moment in die Dunkelheit, als könne er den Film zurückspulen und sie würde gleich wieder auftauchen.

Diego geht an Land.

Der patrón sitzt in der Werkstatt am Computer und gähnt. »Algerien«, sagt er, als Diego hereinkommt, und blickt bedeutsam über den Rand der Lesebrille, die er seit ein paar Monaten an einer Kette um den Hals trägt.

»Ja, woher sonst.« Diego ist müde und hat keine Lust zu reden. Der patrón macht gern Wind, das ist so seine Art.

Er deutet mit dem Kopf zur Tür. »Nein. Sie.«

Diego rollt den Schlauch ordentlich auf und hängt ihn an den Haken. Der Helm kommt aufs Regal, die Handschuhe gleich daneben.

Sie.

Die Information kämpft sich an die Oberfläche seines Denkens.

Sie. Zohra.

Er dreht sich um. Der patrón grinst selbstgefällig, lehnt sich zurück und streichelt seinen Bauch, über dem die Knöpfe der Schuluniform spannen.

»Hab ihr zwanzig Euro aus der Kaffeekasse gegeben. Damit sie zum Generalkonsulat nach Alicante kommt. Papiere, Geld, alles weg.«

Aus der Kaffeekasse. Er würde ihr nie sein eigenes Geld geben. Diego nickt. Unruhe erfasst ihn. Zohra. Ganz allein. Da draußen. Wieder sieht er sie vor sich, wie sie in der Dunkelheit verschwindet.

Ist schon halb aus dem Overall. Der Spind. Hose, T-Shirt, Kapuzenjacke. Schnell, rein damit. Autoschlüssel.

»Warum denn so eilig?« Der patrón schwenkt die Flasche mit dem guten Brandy, Carlos I. Ist so ein Ritual nach getaner Arbeit.

»Mein Vater«, murmelt Diego. »Fußballspiel im Fernsehen. Versprochen.«

Er geht um die Ecke. Beginnt zu laufen, sobald er außer Sicht ist. Die Mole entlang. Endlos erscheint sie ihm heute. Sein Auto steht unter dem Blechdach neben dem Abladeplatz für die Schlauchboote, die sie erbeutet haben. Tür auf. Zündschlüssel.

Ich muss sie finden.

Er setzt zurück und fährt mit quietschenden Reifen los.

»Wohin denn so eilig?«, plärrt es aus dem Lautsprecher neben dem Tor. »Hast du Überdruck oder was?« Das Lachen des Wachhabenden aus der Zentrale vermischt sich mit dem Rattern des Tors, das langsam aufgeht.

Viel zu langsam.

Er fährt durch, bremst.

Sie kann überall sein.

Längst weg.

In die Stadt gelaufen.

Überlege, Diego. Was würdest du machen?

Weg hier. Zu dunkel.

Irgendwohin, wo Licht ist. Unter Menschen.

Langsam fährt er an den leeren Parkplätzen vor dem Fischereihafen entlang. Weiter vorne beginnt die Promenade. Dort sind Menschen, Restaurants. Ein Sommerabend. Jachtbesitzer trinken Wein und essen Paëlla.

Moment, was ist das?

Ein Espace, der steht doch sonst nicht hier. Da, ein Schatten nur. Macht sich an der Fahrertür zu schaffen.

Diego setzt zurück, bis seine Scheinwerfer die Szene beleuchten. Die Gestalt dreht sich um, geblendet. Umrahmt von ihrem Kopftuch, die Augen der Madonna.

Sein Herz schlägt schneller.

Er steigt aus.

Wütend funkelt sie ihn an. Schreit auf Französisch. Er versteht kein Wort.

Geht auf sie zu.

Fasst sie an den Schultern. Ganz vorsichtig. »Come home.« Seine Stimme klingt heiser.

Sie steht jetzt ganz still.

Seine Eltern werden staunen über diesen späten Gast.

Sie macht einen Schritt. Auf ihn zu.

Plötzlich muss Diego lachen. »The Spanish Republicans –«, setzt er an, weiß aber nicht weiter. Egal. Seine Hand greift nach ihrer.

Zweimal ist die Flotte der Republikaner nach Algerien entkommen.

Jetzt gibt es eine Gelegenheit, sich zu revanchieren.

Hafen von Castellón de la Plana | Spanien

Oleksij Lewtschenko

Er steht am Pier.

Olek fühlt sich zwergenhaft, wie ausgeschlüpft. Das erste Mal seit Wochen, dass er festen Boden unter den Füßen hat. Der Boden schwankt. Ein Phänomen, das viele Seeleute kennen. Das Schiff lässt sie nicht gehen.

»Siobhan« steht in weißen Lettern über ihrem schwarzen Heck. Er steht direkt davor, an ihrem Arsch sozusagen. Sie hatten Rückenwind direkt auf die Container, Dmitri hat die *Siobhan* mit vollem Schwung an den Pier gesetzt. Vor ihr liegt ein deutscher Frachter, und knapp dahinter ist die Hafenmole zu Ende.

Die Kräne laufen über dem Deutschen auf und ab. Nachtschicht. Ein Jeep der Guardia Civil rast vor Oleks Nase vorbei und kommt am Ende des Piers mit quietschenden Reifen zum Stehen.

Olek kennt das alles. Ein nächtliches Schauspiel unter Männern. Erst der Wagen mit den Arbeitern, die das Boot vertäuen. Großes Rumgeschreie. Jetzt den Tampen. Zieh, du Trottel. Was seid ihr für Arschlöcher, habt ihr noch nie angelegt oder was. Dann der Lotse, der von Bord geht. Dann die Guardia Civil. Sie kontrollieren die Papiere aller, die das Schiff verlassen und europäischen Boden betreten.

Ein Typ steigt aus, kommt breitbeinig auf ihn zu. Man kennt sich. Kurzes Blättern in seinem Seemannspass. Das war's. »Schönen Urlaub, Kumpel.«

Olek brummt seinen Dank.

Urlaub.

Dmitri. Kannst du doch nicht machen. Nach so vielen Jahren.

Gibt viel zu tun auf der Brücke nach dem Anlegen, wenn die Maschinen längst aus sind. Seine Maschinen. Jeden der neun Blöcke hat er mehr als einmal repariert. Mit der Taschenlampe zwischen den Zähnen und dem Schraubenschlüssel in der Hand. Seine *Siobhan* läuft wie geschmiert, und der Maschinenraum strahlt in hellem Silber.

Komm schon, Dmitri, alter Freund. Wir haben eine Menge zusammen durchgestanden. Das kann doch nicht so enden. Ein paar Worte zum Abschied. Eine Umarmung unter Männern.

Keine Politik an Bord dieses Schiffes. Dein Motto. Lass es auch heute Nacht gelten.

Das letzte halbe Jahr, Tag für Tag das Schweigen in der Offiziersmesse. Drei Russen und zwei Ukrainer. Tag für Tag Nachrichten. Gut für euch. Schlecht für uns. Manchmal hätte ich auf dich losgehen können.

Aber wir haben das durchgezogen. Weißt du noch, als wir den Sturm hatten im Golf von Marseille? Ich dachte, unsere gute alte *Siobhan* bricht in der Mitte durch, als die volle Ladung Container runterkrachte ins Wellental. Zehn, zwölf Meter waren das, kein Scheiß.

Und weißt du noch, als die Stabilisatoren ausgefallen sind und wir plötzlich neun Prozent Schieflage nach Steuerbord hatten und die Tanks von Hand ausgleichen mussten? Weißt du noch, wie wir letzten Winter die Algerier im Container gefunden haben? Und wie die Spanier sie nicht an Land lassen wollten, sondern stattdessen zwei Bullen mit rübergeschickt haben, um sie wieder da abzuliefern, wo sie herkamen? So dass wir unsere Weihnachtsparty mit zwei spanischen Polizisten in Oran gefeiert haben. Unser legendäres Spanferkel à la Manila? Weißt du noch? Geile Party war das.

Dmitri, das kannst du nicht machen. Nicht so.

Olek sieht hoch zur erleuchteten Brücke. Kleine Insel aus Licht. Wie viele Stunden haben sie da oben zusammen verbracht? Nach draußen gestarrt.

Aufs Meer.

Auf die Container.

Keine Politik auf diesem Schiff.

Und nun hat er, Olek, das Gesetz gebrochen. Als er auf die Brücke kam.

Passend, das Unwetter.

Donner.

»Ah, Chief. Da bist du ja.« Dmitri mit dem Fernglas in der Hand. »Ganz schönes Wetterchen da draußen.«

Der Brief. Dmitri liest. Blitze draußen.

»Das willst du doch nicht ernsthaft machen.«

Doch, Dmitri.

Ich will und ich muss.

Hängst du jetzt schon am Funkgerät und besprichst mit der Crewing Agency auf Zypern, dass morgen ein neuer Chief Engineer gebraucht wird? Und kein Ukrainer bitte? Sergei tut mir leid. Obwohl, der lebt in Irland, der kennt unser Odessa nur noch aus den Erzählungen seiner Eltern. Dem fällt's nicht schwer, die Politik außen vor zu lassen.

Aber unsereins … Verstehst du, Dmitri, euer Putin hat uns zu Nationalisten gemacht. Noch vor einem Jahr hat mein Sohn eine Russlandflagge in seinem Zimmer an der Wand hängen gehabt. Der fand alles gut, was aus Russland kommt. Europa konnte uns gestohlen bleiben.

Als ich das letzte Mal nach Hause kam, Ende Mai, war die Fahne weg. Im Garten habe ich noch ein paar verkohlte Reste gefunden. Mein Sohn und ich, wir brauchten darüber nicht zu reden. Stattdessen sind wir an den Ort gegangen, wo Odessa gestorben ist. Am zweiten Mai 2014.

Das Gewerkschaftshaus hat gebrannt. Jeder erzählt was anderes. Was ist dort geschehen, Dmitri? Du weißt es nicht? Aber dein Putin, der weiß das. Der ist ein Kontrollfreak, der überlässt nichts dem Zufall. Du meinst, es könnten auch unsere Leute gewesen sein? Warum nicht gleich der amerikanische Geheimdienst? Wir zwei, wir werden das niemals wissen. Wir waren nicht dabei. Wir sind nie da. Wir fahren hier auf dem Meer herum, während zu Hause alles vor die Hunde geht.

Du willst wissen, warum in den letzten Wochen so viel schiefgelaufen ist, Dmitri? Der Container, der durch die Luke gekracht ist. Der leere Tank kurz vor Barcelona. Ich kann's dir sagen. Ist ja egal jetzt.

Früher haben wir zusammen mal einen gehoben, Dmitri. Abends auf der Brücke oder nach dem Essen in der Offiziersmesse. Heute trinke ich allein. Heimlich, zwischen den Containern. Ich trinke es weg, Dmitri. Die Nachrichten von zu Hause. Die Facebook-Videos, die Irina mir schickt. Gestern haben sie auf der Treppe von Odessa eine gelb-blaue Fahne entrollt. Die Potemkin'sche Treppe.

Ich muss wissen, wo mein Platz ist, Dmitri. Dann kann ich vielleicht eines Tages zurückkehren. Ich gehe in den Krieg, damit mein Sohn, damit die Jungen nicht gehen müssen.

Da kommt das Taxi, das der Charterer geschickt hat. Leb wohl, mein Freund. Schade, dass dein Motto dieses eine Mal nicht gilt: No politics on this vessel.

Einer der Filipinos zieht das Fallreep mit dem Kran hoch. Olek ist jetzt sicher, dass Dmitri nicht mehr kommen wird. Wer ist der Mann im Overall? Er trägt einen Helm, er kann ihn nicht erkennen. Das nervt ihn. Er muss doch wissen, wer der Letzte ist, den er sieht auf seinem Schiff. Der Mann hebt die Hand zum Gruß.

Olek hebt ebenfalls die Hand.

Das Taxi wartet mit laufendem Motor. Er steigt ein. Sie fahren unter den Kränen hindurch, links die Frachter, rechts Container, turmhoch gestapelt. Hanjin. Maersk. Hamburg-Süd. CGM-CMA. Container-Domino. Haben sie oft gespielt, nachts auf der Brücke.

Schon sind sie vorbei, fahren auf der schmalen Straße zwischen den Terminalgebäuden und der haushohen Spundwand.

I'm on the road to nowhere.

Kommt es ihm nur so vor oder wird die Straße immer enger? Er zerrt am Kragen seiner Jacke. Stickig hier drin.

Fenster auf.

Anhalten. Umkehren. Etwas zieht ihn zurück zum Schiff, mit aller Macht.

Ich will nicht sterben.

Das Taxi rast durch die Nacht.

Stopp an der Zollschranke. Noch mal Papiere. Dann die Hand, die das Taxi durchwinkt.

Olek atmet auf.

Wir sind raus.

Ein Kreisverkehr. Nichts los.

»Möchten Sie gleich ins Hotel?«

Er winkt ab. »Nein. Fahren Sie noch ein Stück weiter. Gibt es hier eine gute Bar?«

Der Fahrer lacht. »Si, señor. Weiter unten, Richtung

Strand.« Sie fahren die Hafenpromenade entlang. Ein paar späte Touristen.

»Halten Sie hier, bitte!«

Das Taxi hält. Olek steigt aus. »Den Koffer nehme ich selbst, kein Problem.« Der Wagen fährt mit aufheulendem Motor davon.

Olek geht langsam auf die offene Tür zu. Gerade als er eintreten will, kommen zwei alte Frauen heraus, eine schiebt einen Gehwagen. Kein Lächeln.

Er betritt die Kirche, den Koffer in der Hand.

Über dem Altar ein Gemälde. Ein Boot treibt unter stürmischen Wolken hilflos in der See. Darauf Seeleute mit langen weißen Gewändern, wie man sie von den Arabern kennt. Zwei klammern sich oben an den Mast, einer versucht das Segel zu reffen. Fünf drängen sich im engen Rumpf, davon winkt einer um Hilfe. Neben dem Boot treibt ein Seemann im Meer. Jesus, auf dem Wasser stehend, hält seine Hand.

Rettung.

Olek setzt sich in die erste Reihe.

Er betrachtet das Bild.

Schwarze Rastazöpfe. Treibend auf dem Wasser.

Heimweh ergreift ihn, heftig wie ein Schmerz. Heimweh nach der Jungfrau von Odessa. Beschützerin der Seeleute.

Ich komme, um an deiner Seite zu kämpfen, Geliebte.

Beschütze auch mich.

Und vergib mir meine Schuld.

Amen.

Portmán | Spanien

Marwan Fakhouri

Sand.

Salziges Wasser.

Sein Kopf schmerzt unerträglich. Es tobt ein Gewitter in seinem Kopf.

Er möchte sich hinlegen.

Im Sand versinken.

Er versinkt nicht.

Starke Arme greifen ihn links und rechts und tragen ihn.

Seine Beine sind butterweich.

Trockener Sand.

Unter ihm schwarzer Sand.

Über ihm schwarzer Himmel.

Die Sonne, die Farben haben Marwan verlassen.

Ich konnte mich nicht entscheiden. Ich konnte nicht mehr schlafen. Ich konnte an nichts anderes mehr denken: Soll ich gehen oder soll ich bleiben?

Erst später in Kairo habe ich verstanden: Wenn du im Krieg bist, darfst du nicht aufgeben. Das ist das Ende. Ich habe aufgegeben. Es war meine Entscheidung.

Noch einmal, bitte.

Zurück.

Noch mal letzter Abend. Hört ihr mich, Freunde? Ich würde euch gerne noch etwas sagen:

Macht nicht denselben Fehler wie ich. Auch wenn ihr

müde seid. Auch wenn euch euer Tun sinnlos vorkommt.
Ihr müsst weitermachen.

Ihr seid bessere Menschen als ich.

Vielleicht gibt es keine Hoffnung mehr.

Aber ich sage euch: Unser Leben im Ausland ist ohne
jeden Sinn.

Die Angst bleibt immer bei uns. Ich sage es euch. Sie
bleibt in euch.

Wir haben keine Zukunft.

Hallo?

Ist hier jemand?

Ich kann nichts sehen.

Es ist dunkel.

Mir ist kalt.

Ich möchte aufstehen.

Er tastet mit den Händen herum.

Ich möchte nach Hause gehen.

Nach Tartus.

Plötzlich explodiert etwas in seinem Kopf.

Alles wird ganz hell.

Unerträglich hell.

Eine weiße Fläche. Ein Bild.

Kein Foto.

Eine Computersimulation.

Er lacht.

Ihr seid blind. Mutter. Vater.

Mutter, das glaubst du doch selbst nicht.

»Lieber Marwan,

ich weiß nicht, wo du gerade steckst. Aber ich bete darum, dass es dir gut geht. Und ich bete darum, dass dieser Krieg bald vorbei ist. Dass du zurückkommst. Dass alles wieder so wird wie früher. Sieh, ich schicke dir ein Bild. So wird es bald bei uns aussehen. Assad baut uns in Tartus eine Shopping Mall.«

Liebe Mama.
Ich glaube, der Tod ist leichter zu ertragen.
Es tut mir leid.

Portmán | Spanien

Karim Yacine

»Wo sind wir, Bruder?«

Woher soll er das wissen. Er hat sie an Land gebracht.

Die fünf aus dem Fischerdorf sind sofort weg. Ab hier ist jeder für sich selbst verantwortlich.

Was wollt ihr denn noch? Karim spürt Unwillen in sich aufsteigen. Viel zu auffällig. Wir sind zu viele.

Er greift willkürlich nach Abdelmjid, das rote Tuch, die anderen folgen von allein. »Hierher, kommt hierher.« Ganz nah an den Zaun.

»Wo sind wir, Bruder?«

»Wie heißt dieser Ort?«

Er weiß es nicht.

Das GPS. Los, mach schon.

»Portmán.«

Größer. Ich brauche eine größere Ansicht.

Er dreht sich um, versucht sich zu orientieren.

Dort ist Norden.

Es wird eine Straße geben, parallel zum Meer. Er zeigt nach rechts. »In der Richtung liegt Alicante. Seht zu, dass ihr euch durchschlagt.« Kann nicht weit sein. Von dort aus sollen sie jemanden anrufen. Ihre Brüder. Ihre Familien. »Ihr müsst euch trennen. Zusammen ist es zu gefährlich.«

Allgemeines Zögern. Keiner will alleine weiter.

»Los, geht schon! Möge Allah euch beschützen.«

Die beiden Jungs verschwinden als Erste.

Der Cousin macht ihm Sorgen. Teilnahmslos. Sitzt am Zaun, den Kopf zwischen den Knien. Er rüttelt ihn vorsichtig an der Schulter. »Tu's für deinen Bruder. Reiß dich zusammen, Mann!«

Der Lehrer flüstert. »Ich nehme ihn mit. Und was wird aus dir und dem …?«

Karim schüttelt den Kopf. Nicht reden. »Geht schon.«

Der Lehrer zieht den Cousin hoch. »Hilf mir, Abdelmjid.«

Abdelmjid zögert und sieht zu Karim. »Bruder.«

Was ist denn noch?

»Was wirst du jetzt machen, Bruder?«

Karim ist genervt. »Ich rufe die Ambulanz, was sonst?«, zischt er. »Und dann verschwinde ich.« Er schiebt den Freund von sich. »Gott schütze dich.«

Endlich sind sie verschwunden.

Karim setzt sich neben den Verletzten. Er tastet nach dessen Brust. Sie hebt und senkt sich schnell.

»Halt durch. Ich hole Hilfe.«

Er sieht auf sein Handy.

Nur kurz. Zohra. Es klingelt. Keine Verbindung.

Karim wählt den spanischen Notruf.

Jemand meldet sich.

»SOS. Playa. Portmán. Rápido! Rápido!«

Das muss reichen. Mehr Spanisch kann er nicht. Die kennen das ja hier in der Gegend. Er steht auf.

»Alles Gute, mein Freund.« Er legt das Handy neben den Verletzten, die Taschenlampen-App aktiviert. Wird eine Weile halten.

Er geht los.

Ein furchtbares Geräusch. Der kriegt nicht richtig Luft.

Was, wenn sie ihn nicht finden?

Er dreht sich um.

Ach, merde.

Er hockt sich hin. »Was ist mit dir?«

Er tastet wieder nach der Brust.

Oh nein.

Stille.

Er nimmt sein Handy und hält es ihm vor das Gesicht.

»Komm schon, bitte.«

Kein Hauch.

»Du kannst doch hier nicht sterben!«

Nicht so! Karim spürt Panik in sich aufsteigen.

Keine Sirene zu hören.

Nichts.

Es ist ganz still.

Der Mond kommt hinter einer Wolke hervor.

Alles wird hell.

Nur der Strand bleibt schwarz.

Tot.

Karim sucht in der Kleidung des Toten vorsichtig nach Taschen. Irgendwas, irgendeinen Hinweis. Wer vermisst dich? Du bist doch Sohn. Bruder. Ehemann.

In der Hosentasche findet er ein paar Dollarnoten. Einen Pass.

Er hält ihn dicht vor das Handy.

Syrer.

Ein syrischer Pass.

Ein syrischer Pass ist Gold wert.

Abschiebestopp.

Asyl.

Zukunft.

Eine Zukunft mit Zohra in Frankreich.

Er blättert. Hastig.

Das Foto. Für die sehen wir doch alle gleich aus. Ein paar Jahre jünger ist er. Aber sonst. Kommt hin.

Karims Herz klopft.

Eine neue Identität.

Wie heißt du?

Wie heiße ich?

»Marwan.«

Marwan Fakhouri.

»Mein Name ist Marwan Fakhouri.«

Ich bin Christ.

Ein neuer Anfang.

Lalita Masarangi

Keine Ahnung, wie spät es ist.

Wie lange sie schon hier steht.

Am Bug.

Allein.

Sie ist so wütend.

Sie hat Frau Malinowski zurück zu ihrer Kabine gebracht. Ihren Dad angerufen. Sie haben hier ein Diensthandy, von der Firma, für Notfälle.

»Papa. Was soll ich machen. Ich halte das nicht mehr aus.«

Sie erzählt ihm alles.

Wir haben ein Crewmitglied verloren.

Jemand wurde heimlich von Bord gebracht.

Hier stimmt was nicht.

»Mach was.« Papa.

Ihr Vater hört zu. Schweigt. Sie denkt schon, die Verbindung wäre unterbrochen. Nein, sie kann ihn atmen hören.

»Hör zu, Tochter. Ich hatte gerade einen Anruf aus Miami. Nachfragen. Man ist nicht zufrieden an Bord. Mit unserem Personal.«

Noch eine solche Meldung, sagt ihr Dad. Und sie heuern wieder die Israelis an. Die werden ja nicht ewig Krieg führen.

»Nein. Tochter, jetzt hörst du mir zu. Gold Cruises ist unser größter Auftraggeber.«

Keine Widerrede.

Aufgelegt.

Jo ist ihm scheißegal.

Ist allen scheißegal.

Sie möchte schreien.

Sie schreit.

In den Wind. In die Nacht.

Bis kein Schrei mehr kommt.

Die *Spirit of Europe* gleitet über das Meer. Im Mondlicht. Plötzlich sind sie da.

Die Delfine.

Sie dreht sich um. Keiner da, um sie zu sehen.

Ihre hoch aus dem Wasser springenden Körper glitzern im Mondlicht. Sie spielen.

Lalita wendet sich ab. Drückt den Knopf für die Schiebetür.

Promenadendeck.

Die *Dolphins at Dawn* spielen. Keiner da, um sie zu hören.

Muss schon spät sein. Leere Shopping Malls. Traurig.

Ihr ganzes Leben ist eine einzige verlassene Mall.

In Aldershot. Hier. Überall.

Sie geht langsam in Richtung Bühne.

Die Musiker tragen fette Designeruhren.

Raymond singt. Er sieht sie kommen. Dreht sich um zu den anderen. Die Musik verstummt.

Ihr seid auch nur Arschlöcher.

Sie geht weiter.

Hinter ihr: »Anak. The Lost Son. For Jo.«

Fuck you, Jo!

Havarie ist ein Roman, frei erzählt nach der Begegnung zwischen einem Schlauchboot und einem Kreuzfahrtschiff auf dem Mittelmeer. Wir haben darüber einen gleichnamigen Film gedreht (2016).

Wie schon *Grenzfall* basiert also auch dieser Roman auf einer dokumentarischen Recherche. Diese hat es mir ermöglicht, aus der Realität heraus Figuren zu entwickeln, die es so nicht gibt, aber geben könnte. Und einen Plot, der sich so nicht zugetragen hat, aber – das überlasse ich den Lesenden – vielleicht zutragen könnte.

Merle Kröger, 7. März 2015

Ich möchte denjenigen danken, die mich durch die Zeit der Arbeit an *Havarie* begleitet haben:

Philip Scheffner für Ideen, Kritik, Geduld und vieles mehr.

Meike Martens, Tina Ellerkamp, Rubaica Jaliwala für Feedback und Support. Ilonka Brill und Robert Fischer für die gemeinsame Recherche in Spanien. Houari Bouchenak Khelladi für die Recherche in Algerien. Dem pong-Filmteam Bernd Meiners, Pascal Capitolin, Volker Zeigermann und Caro Kirberg. Alexandra Gerbaulet für Hilfe bei der Fotorecherche.

Terry und Sean Diamond für lange Fahrten und viele Geschichten aus Belfast und Donegal, Abdallah und Rhim zwischen Algerien und Frankreich, Kapitän Leonid Savin und der Besatzung der *Smaragd* (die selbstverständlich *nicht* weiterfahren würden) für ihre Gastfreundschaft und unvergleichliche 24 Stunden auf dem Mittelmeer, sowie dem Team der MarConsult Schiffahrt in Hamburg, dem gesamten Team des Salvamento Marítimo in Cartagena, insbesondere Miguel Belmonte-Nieto, Nicolá Campoy Pomares und Pedro Paredes Carrasco, Sigrid Scheffner für ihre eindringliche Beschreibung des Parkinson, dem syrischen Filmkollektiv

Abou Naddara (vimeo.com/user6924378/videos) für ihre Film-dokumente aus dem Krieg, Lee Robin Hornbogen für erstklassiges Fitness-Coaching, Britta Lange, die großzügig ihre wissenschaftliche Arbeit zum Halbmondlager in Wünsdorf mit mir geteilt hat, Anita Müller für ihre Filme und die Verbindung nach Odessa, Oliver Bottini für Tipps zu Algerien, den Besatzungsmitgliedern und unbekannten Mitreisenden auf einem der größten Kreuzfahrtschiffe der Welt, der Blue Waters Band für »Anak« auf dem leeren Promenadendeck sowie Eui-Ok Shu, Susanne Herbeck und Anke Mueller-Eckhardt für ihre Unterstützung.

Den Familien Scheffner, Harten, Heuck und Kröger in Berlin, Hamburg und Schleswig-Holstein, meinen Freunden und Freundinnen, insbesondere Jörg Heitmann, Susanne Schultz und Dorothee Wenner, allen KollegInnen bei pong film sowie Team und TeilnehmerInnen der Professional Media Master Class in Halle (Saale).

Den Verlegerinnen und Lektorinnen Else Laudan und Iris Konopik, Dörte Graul und dem gesamten Argument Verlag in Hamburg.

Quellennachweise

»Anak«: Musik und Text © Freddie Aguilar, 1978

»Did You Close the Door Softly?«: Gedicht © Ruth Lansley, geb. Kormes

»Wünsdorf, Halbmondlager«: Tonaufnahmen PK 307-01 und PK 308-01, Lautarchiv der Humboldt-Universität zu Berlin, Übersetzung aus dem Englischen (Rubaica Jaliwala/Santanu Das) ins Deutsche von Britta Lange/Philip Scheffner, © Jasbahadur Rai, 1916

»Bullet with Butterfly Wings«: Text © Billy Corgan, Musik © The Smashing Pumpkins, 1995

Ariadne
Herausgegeben von Else Laudan

Merle Kröger im Argument Verlag:

Cut! (Ariadne 1146)
Kyai! (Ariadne 1166)
Grenzfall (Ariadne 1210)
Havarie (Ariadne 1224)

Deutsche Originalausgabe
Alle Rechte vorbehalten
© Argument Verlag 2015
Glashüttenstraße 28, 20357 Hamburg
Telefon 040/4018000 – Fax 040/40180020
www.argument.de
Umschlag: Martin Grundmann
Fotomotiv: © exsodus – Fotolia.com
Lektorat: Else Laudan und Iris Konopik
Satz: Grundmann/Konopik
Druck und Bindung: CPI books, Leck
Gedruckt auf säure- und chlorfreiem Papier
ISBN 978-3-86754-232-6
Taschenbuchausgabe 2018